西方人文论丛
Collection of Western Humanities

意指与承认
朱迪斯·巴特勒的后主体文艺批评思想
Signification and Recognition
Judith Butler's Post-Subject Literary Criticism

孙颖 ◎ 著

四川大学出版社
SICHUAN UNIVERSITY PRESS

图书在版编目（CIP）数据

意指与承认：朱迪斯·巴特勒的后主体文艺批评思想 / 孙颖著. -- 成都：四川大学出版社，2025.7. -- (西方人文论丛). -- ISBN 978-7-5690-7665-3

Ⅰ. I712.07

中国国家版本馆CIP数据核字第2025Z349M1号

书　　名：	意指与承认：朱迪斯·巴特勒的后主体文艺批评思想
	Yizhi yu Chengren: Zhudisi Batele de Houzhuti Wenyi Piping Sixiang
著　　者：	孙　颖
丛　书　名：	西方人文论丛
出　版　人：	侯宏虹
总　策　划：	张宏辉
丛书策划：	侯宏虹　张宏辉　余　芳
选题策划：	倪德君　李　梅
责任编辑：	李　梅
责任校对：	杨　果
装帧设计：	墨创文化
责任印制：	李金兰
出版发行：	四川大学出版社有限责任公司
	地址：成都市一环路南一段24号（610065）
	电话：（028）85408311（发行部）、85400276（总编室）
	电子邮箱：scupress@vip.163.com
	网址：https://press.scu.edu.cn
印前制作：	四川胜翔数码印务设计有限公司
印刷装订：	成都金阳印务有限责任公司
成品尺寸：	148mm×210mm
印　　张：	7
插　　页：	1
字　　数：	153千字
版　　次：	2025年7月第1版
印　　次：	2025年7月第1次印刷
定　　价：	43.00元

本社图书如有印装质量问题，请联系发行部调换

版权所有 ◆ 侵权必究

目 录

绪　论　/ 001

第一章
主体的崩塌——《冒充白人》中自我同一的不可达成　/ 011
　　第一节　我是谁？　/ 017
　　第二节　我欲望什么？　/ 031

第二章
主体解放话语的无以为继——卡夫卡笔下回不去的故乡　/ 047
　　第一节　虚构的内在原初　/ 052
　　第二节　支离的前话语起源叙事　/ 061

第三章
后主体之主体性——在意指中制造断裂　/ 073
　　第一节　《安提戈涅》：秩序内部的裂隙　/ 078
　　第二节　薇拉·凯瑟的小说：称谓的危机　/ 99
　　第三节　《保罗的故事》：凝视的失效　/ 118

第四章
后主体之主体间性——基于关联性的伦理 / 137

第一节 关联性：后主体间的相互依存与彼此暴露 / 142

第二节 伦理：从评判到回应 / 159

第三节 伦理：关于承认的协商 / 168

第五章
后主体之主体间性——生命的交织 / 179

第一节 值得活下去的生命 / 182

第二节 可堪哀悼的生命 / 193

第三节 相互交织的生命 / 204

结语
从表征到意指，从同一到承认 / 215

绪论

"我是谁？我从哪里来？我向哪里去？"——这是从古希腊穿越时空而来的发人深省的自我追问。"认识你自己"，这句铭刻在德尔菲神庙碑铭上的箴言，至今仍是所有人文学科的"伯利恒之星"。作为一名深受欧洲大陆哲学影响的美国学者，朱迪斯·巴特勒（Judith Butler）的理论兼收并蓄，在这个一切坚固的东西都将被抹去的后现代语境中，她以其理论的先锋性、实践性为我们提供了自我追问、自我认识的新角度、新眼光和新的可能性。

朱迪斯·巴特勒是美国当代颇负盛名的后现代主义理论家。她的学术思想涉及性别研究、精神分析、政治哲学、伦理学、文学研究等多个领域，对女性主义理论、酷儿理论、身份理论、主体理论等都产生了深远的影响。站在西方后现代主义思潮的最前沿，巴特勒已出版专著十余部，合著及参与编辑著作十余部，其中分别于1989年、1993年、2004年出版的《性别麻烦：女性主义与身份的颠覆》（后文简称"《性别麻烦》"）、《身体之重：论"性别"的话语界限》（后文简称"《身体之重》"）和《消解性别》，以女性的主体性、性别身份、身体为切入点，层层推进地宣告了在后现代语境中女性主义理论研究范式的转换。抛弃了任何先在的性别本体，她认为"在性别表达的背后没有性别身份；身份是由被认为是它的结果的那些'表达'，通过操演所建构的"[①]。这就是既为她带来声名、也使她遭遇猛烈批评的性别述行理论。然而，巨大的声名也意味着

[①] 朱迪斯·巴特勒. 性别麻烦：女性主义与身份的颠覆. 宋素凤，译. 上海：上海三联书店，2009：34.

限制。

　　首先，将巴特勒送上理论殿堂最高位置的性别述行理论，同时是对她的束缚。提到巴特勒，女性主义理论家往往是她最重要的标签，然而，性别研究只是世人认识巴特勒的契机，并非她理论版图的全部。自1987年出版首部专著《欲望的主体：二十世纪法国的黑格尔接受研究》(Subjects of Desire: Hegelian Reflections in Twentieth-Century France)起，巴特勒的理论研究走向就埋下了一根细细的红线——主体。自身的经历赋予了巴特勒强烈的人文精神、超越诉求，围绕"主体"这一关键词，她以"性/别"为起点，所希望抵达的终点是对生命的深层次思考。

　　其次，当"性别是一种述行"成为多数人对巴特勒理论的全部认识时，我们很容易将巴特勒的理论简化为福柯、拉康的权力理论以及精神分析学在女性主义理论领域的再阐释，认为巴特勒的主体理论无非是权力话语在性别领域的应用。确实，在《性别麻烦》中，巴特勒石破天惊地宣布那个第一、二次女性主义浪潮中女性主义者们描绘的"前话语"的身体回不去了，但这既不是简单的"性/别主体之死"的宣告，也不是主体理论盖棺定论的最后结局。述行，不仅是对同一性主体的拆解，更是对权力话语的解构，并由此成为巴特勒再次阐发主体之能动性的理论基础。

　　在巴特勒的理论中，主体因承认而出场，更准确地说，主体因陷入承认引发的麻烦而出场。从巴特勒的第一本著作开始，"承认"就是她理论推进中的重要概念。在2012年的一次采访中，她这样表述了"承认"的重要性——"从一开始,我的写作就是围绕着欲望与承认展开的","我想说的是,这里存在着一种承认的机制,它们决定了谁可以被视为值得被承认的主体,即可承认性的差异分配"。① 这样的差异分配让十九世纪法国阴阳人赫尔克林·巴尔宾(Herculine Barbin)的身体在性别分类的管控策略下成了"自然的错误"、"形而上学的无家可归";无法在社会性别身份认同矩阵中获得承认的他/她只能在福柯编撰出版的回忆录中叙述那"永远无法满足的欲望"、"孤寂"、"满腔的愤怒"以及"一种永恒的危机感"。② 这样的差异分配让二十世纪里一群被以色列军队杀害的巴勒斯坦平民的逝去得不到公开的哀悼。《旧金山纪事报》(San Francisco Chronicle)给出的理由是,对这些逝去的人的公开哀悼会扰乱报纸读者的情绪。在这些不能被理解的身体、无法得到哀悼的生命中,在"承认性差异分配"背后,隐藏着权力以规范之名向生命施加的暴力,是对谁可以成为主体的区分与排除。权力的暴力、"主体"的麻烦激起了巴特勒的研究欲望——让生命不再是区分的结果,而是要让一切生命成为生命的欲望。当这样的欲望转化为巴特勒不断深化的主体思想,我们看到不论是质疑性别身份,还

---

① Rasmus Willig. Recognition and critique: an interview with Judith Butler. *Distinktion: Scandinavian Journal of Social Theory*, 2012, 13 (1): 139—144.
② 朱迪斯·巴特勒. 性别麻烦:女性主义与身份的颠覆. 宋素凤, 译. 上海: 上海三联书店, 2009: 127—128.

是剖析亲属制度①，或探讨哀悼中存在的暴力②，巴特勒总会走到既有"主体"概念的边缘，试图通过发现一种"非位置"、非角度、非眼光，进而自我反思，发现自己的他者，追问主体如何可能、"人"如何存在。

然而，当主体已然是权力预设的占位符号，陷入重重麻烦的主体还能否成为反抗的起点？这一主体还能否反抗权力的不公？同样的，谁在反抗？如何反抗？从述行的主体以及权力话语的述行性出发，巴特勒试图用"意指"消解一切中心和本质，发现话语框架下主体能动的可能。一方面，她以语言哲学转向提供的理论为工具，探求主体何以与权力共谋，并以解构主义的眼光揭示能动性正潜藏在主体一次又一次的意义的播撒之中；另一方面，进入新千年，在新的理论语境下，巴特勒从"主体"走向了"主体间"，从"性/别"走向"生命"，在生命的伦理之维，在规范的不断被征引和被重复中，探寻生命的交织。在她的回答中，"主体"的内涵已然不同于启蒙人文主义者推崇的理性主体，而是经过后现代思潮洗礼的"后主体"。

随着后现代主义的勃兴，关于"主体"的各种后概念提法层出不穷。本书将巴特勒的主体思想冠以一个"后"字绝非为了追逐学

---

① 《安提戈涅的请求：生死之间的亲属关系》(Antigone's Claim: Kinship between Life and Death)。
② 《危险的生命：哀悼和暴力的力量》 (Precarious Life: The Powers of Mourning and Violence)。

术时髦的虚浮浪潮，而是笔者在细致研读其著作后，认为"后"才可以更好概括其主体思想呈现出的典型后现代理论态度。

"后"（post-）在《说文解字》中的解释为："继体君也"，强调帝位的代代继承；在《牛津字典》中，其意为"在时间或顺序上的之后"（after in time or order）。两种解释都强调了"后"作为空间、时间上的序列的概念。本书并非在理论家主体思想前后接替的历史序列这一意义上使用"后"，而是意在凸显一种理论态度。这种理论态度不是对"主体"概念的全面拒斥，也非以新的"主体"取而代之，而是对主体存在状态的新探索。正如利奥塔在《写给孩子的后现代说明：书信集 1982—1985》（*The Postmodern Explained to Children: Correspondence 1982—1985*）中对"后"的解释——它是"一种'ana-'的过程，一种分析（analyse）、回想（anamnèse）、奥秘解说（anagogie）和变形（anamorphose）的过程"①。

正是通过"ana-"的过程，巴特勒揭示了理性自足、能动的主体面临的崩塌危机，以及压抑主体在话语精神压抑机制下遭遇的精神压抑。"后主体"意味着对现代理性主体的超越，这是站在自足、能动的普遍理性主体坍塌之后的废墟上的"后主体"；意味着对以理性主体之自明、自主为出发点的主体间性的超越，是因"主体对

---

① Jean-François Lyotard. *The Postmodern Explained to Children: Correspondence 1982—1985*. trans. Julian Pefanis，Morgan Thomas. Minnesota：University of Minnesota Press，1993：113.

自身的不透明性产生并维持了主体身处的某些最重要的伦理纽带"[1]的"后主体"。这样的揭示和超越并非试图用一个主体推翻另一个主体，或是简单地拒斥主体，而是试图通过分析理性主体的虚幻性、深化压抑主体遭遇的阉割，让人们正视主体存在的缺陷与问题，探索如何在新的起点上撰写关于后主体的未来。这个未来，不是一个以"自然""原初"之名设想的曾经的、未被污染的理想状态（继而追寻对这一状态的回归），而是一个处在不断变化发展中，向一切可能性开放的未来。

在"后主体"迷宫中的游走，不只意味着逻辑推演和理论凝结。文艺作品的创作实践历来都与古希腊哲学中"我是谁"这一振聋发聩的提问紧紧联系在一起。例如，在莱辛（Lessing）眼中，莎士比亚的戏剧之所以胜于哥特式戏剧，不仅在于文辞手法，更在于其关注点的差异，不同于后者只关注"现象中的自然"而忽视了"我"的"情感和心灵力量中的自然"，前者把"我"作为中心，着力于对"我"的全部内容的揭示。[2] 一抑一扬间，文艺被揭示为对"我"的永恒探索。"我"（self）在文艺批评领域被不断观察、打量、描绘、想象。宗教和哲学领域中主体理论每一次的起伏与转折，都推动了文艺批评领域的观察与打量，为人们的描绘与想象带去新的困惑，也注入新的思考。文艺创作的文本又同时逆向承载着

---

[1] Judith Butler. *Giving an Account of Oneself*. New York: Fordham University Press, 2005: 20.
[2] 刘再复. 论文学的主体性. 文学评论, 1985（6）: 11—26.

理论家的眼光，捕捉思想的痕迹，深化理论的内涵。

巴特勒著作中散落的文学作品分析，在其理论版图中同样散发着耀眼的光芒，令人遗憾的是，这些论述一直被人们忽视和遗忘了。从后现代理论家钟爱的卡夫卡到被视作生态女性主义代表的薇拉·凯瑟（Willa Cather），从希腊悲剧《安提戈涅》（Antigone）到现代黑人哀歌《冒充白人》（Passing），再到展现生命渴望的《关塔那摩诗集：来自被关押者的声音》（Poems from Guantanamo: The Detainees Speak，后文简称"《关塔那摩诗集》"），巴特勒以后主体理论的眼光，对这些作品加以审视、分析、阐发。通过对文学作品中人物形象、语言、叙述方式、情感、欲望等的分析，巴特勒对后主体理论的阐发逐渐从晦涩走向明晰；同时，后主体理论也如一束光亮，让那些人们耳熟能详的文艺作品在不同的理论之光下折射出不一样的光芒。

本书以"主体"概念为关键词，以巴特勒的后主体理论为线索梳理其文艺批评实践，按照主体的崩塌、主体解放话语的无以为继、后主体之主体性、后主体之主体间性的次序展开论述。巴特勒继承福柯的非本质主义理论进路，开启了后主体时代，借助语言哲学转向开拓的理论资源，重述后主体主体性之可能。最终，在列维纳斯存在主义他者论的启发下，巴特勒对后主体主体间性加以讨论。本书聚焦于巴特勒对十部文艺作品或事件的论述，它们分别是：美国哈莱姆文艺复兴时期作家内勒·拉森（Nella Larsen）的《冒充白人》，卡夫卡的《在法门前》（Before the Law）、《在流放地》(In der Strafkolonie)、《判决》(The Judgment),古希腊剧作家索福克勒斯的《安提戈涅》,二十世纪美国作家薇拉·凯瑟的《冷酷的汤米》(Tommy, the Unsentimental)、《我的安东尼娅》(My Antonia)、《保罗的故事》(Paul's Case),以及美国"9·11"恐怖袭击事件后的作品《关塔那摩诗集》、阿布格莱布虐囚照片。本书希望通过对巴特勒文艺批评理论的探析,揭示其后主体文艺批评思想暗藏的细细红线:从表征到意指,从同一到承认。

第一章

主体的崩塌
——《冒充白人》中自我同一的不可达成

在哲学话语中，"主体"从来不是一个单一的概念。哲学领域从形而上学、伦理学、认识论等不同层面出发的关于"主体"的论述，让"主体"一词在不同理论框架中形成了侧重不同的相应变体——自我（self）、意识（consciousness）、主体性（subjectivity）、能动者（agent）、能动性（agency）、此在（Dasein）等。"主体"一词的内涵更是从理性（rationality）、自律（self-autonomy）、自我意识（self-awareness）、自我实现（self-realization），发展到权力意志（power will）、责任（responsibility），再到无意识（unconsciousness）、欲望（desire）、匮乏（lack）、询唤（interpellation）、臣服（subjectivation）等。

为了更好地厘清"主体"（subject）这一概念，我们不妨借助词源学，回到它的拉丁词根"sub-jectum"。根据2006年出版的《大陆哲学词典》，"sub-jectum"这一词根在拉丁语中的字面意思指"抛入表层之下的东西"，指代"深层的支持、基础"。[①] 在逻辑学与语法学意义上，"subject"为论断提供基础，而自身无需依附于任何其他存在。在形而上学的意义上，"subject"是作为基础和起点的"本质"。就词根的字面意义而言，"subject"与"我"、"自我"并无任何内在联系，但其具有的"基础"、"起点"地位却使其在后续的理论演变中成为潜在的理论预设。

"subject"与"我"的联系始于笛卡尔的"沉思"。笛卡尔在《第一哲学沉思集》中，以两个"沉思"完成了从普遍怀疑到确定"我

[①] John Protevi. *A Dictionary of Continental Philosophy*. New Haven：Yale University Press，2006：562.

思"之不可怀疑的推演。思考的"我"与物质世界分化开来：前者因其自足自明、确定无疑而成为一切的基础、起点；后者则被对象化，成为问题重重的"客体"。由此，"subject"成了思考的"我"所占据的一个位置——"主体"，也成了笛卡尔的阿基米德支点以及一切哲学反思的基础。以康德、黑格尔为代表的后笛卡尔时代的哲学家们正是以主体为基点，去解决问题重重的客体。"主体"被康德赋予了超验的主体性，与主体的同一成为一切客体之可能的前提条件。黑格尔则将"主体"绝对化——自我意识通过不断自我扬弃获得主体性，进而达到主客体的同一，并在与伦理实体的融合中成为创造性的本源：绝对精神。无论是康德哲学中的立法者，还是黑格尔哲学里的绝对精神，这两种主体论述都在探索同一个问题：主体如何达到普遍自由？为这份自由背书的是人类的理性。马克思批评黑格尔的哲学不过是概念的推演，自由却冰冷无力，转而提出以解放为关键词、在历史中展开的行动的哲学。然而，黑格尔在自我意识（self-consciousness）中引入主体间性维度，提出主奴辩证法的过程也是争夺统治权的生死斗争的洞见，显然启发了马克思对无产阶级与资产阶级两大阶级对立关系的阐发：曾经抽象而超越时代的自我意识，现在则浸润于社会关系、社会生活的物质性存在，个体身份则没入了集体身份，个人主体成为政治化主体。不过，查尔斯·泰勒（Charles Tylor）指出，在这变化之下不变的是启蒙思想家对理性的乐观态度,"一个完整的、自由的人必定能重塑自身"①。

这份对主体之理性、自由的乐观,在随后的哲学话语中却不断遭遇挑战,陷入危机。在心理分析领域,弗洛伊德已然将主体的中心从意识迁移到无意识。意识主体让位于自我无法察觉的无意识心理过程,自我同一岌岌可危。更重要的是,弗洛伊德揭示的主体所具有的能动性,不同于马克思理论中具有反抗不公社会价值体系的能动性,展现的是追求社会规范化(normalization)的能动性。这种主体性的揭示在后续学者的阐发中,逐渐构筑起了一座关于"压抑主体"的理论大厦。

巴特勒在对《冒充白人》②这一小说的评论中,挑战了具有自我意识的理性主体、压抑之下的无意识主体这两种主体观。《冒充白人》是内勒·拉森发表于1929年的一部小说。小说中的故事发生在十九世纪二十年代的纽约哈莱姆社区,两位主人公克莱尔和艾琳都是父母分别为非洲人、欧洲人的浅肤色混血儿。她们曾是童年的玩伴,但在成长过程中,因不同的家庭际遇,两人在身份认同、婚姻选择上走上了不同的道路。在克莱尔15岁那年,她酗酒的白人父亲死于一场斗殴,葬礼上第一次见面的白人姑妈带着她离开了"南方的老朋友和熟人"。从此,她开始了"白人"的生活,并在18岁时和富有的白人种族主义者约翰·贝娄结婚。艾琳虽然也有着近

---

① Charles Tylor. *Hegel*. Cambridge: Cambridge University Press, 1975: 561.
② 本书中《冒充白人》的文章选段均出自: Nella Larsen. *Passing*. New York: Dover Publication, 2004. 若无特别注明,均为笔者翻译。

似白人的肤色，但她住在黑人社区哈莱姆，嫁给了黑人医生布莱恩，仅仅在独自外出购物或休闲时偶尔冒充一下白人。一个偶然的机会，十二年未见的两人相遇了。艾琳似乎并不愿意和这个冒充白人的朋友有更多的接触，却又着了魔似的被她吸引。克莱尔或许因为孤独寂寞，或许因为追求刺激，也渴望进入艾琳的生活，这样的向往让她甘愿冒险一次次来到哈莱姆——甚至参加黑盟舞会。在两人重逢后的第一个圣诞节，一场黑人沙龙聚会上，伴随着贝娄的突然出现与怒吼、克莱尔的坠楼以及艾琳的沉默，让故事戛然而止。

小说的英文标题"Passing"，在社会学语境中指一个人冒充成自己本不属于的某个身份群体中的成员的能力；在二十世纪二十年代的美国，这个词特指混血黑人利用自己的浅色肤色冒充白人这一社会现象。尽管《冒充白人》初版于这个时代，但同时代的文学评论家并未仅仅将小说视为对那一社会现象的复现，或将其归类为美国南北战争后早期非裔美国文学中常见的黑白混血儿悲剧故事。文学评论家更多地关注《冒充白人》在身份、性别、种族、性象方面呈现的复杂性。这些关键词正是巴特勒的学术关切所在。在巴特勒的审视下，那个"我思故我在"、确定阿基米德之点的主体遭到了质疑；那个"人的历史就是人被压抑的历史"的压抑主体，得到了更深层次的追问。无论是对"我是谁"还是对"我欲望什么"的探求，巴特勒都为读者揭示出一个"后主体"：这个后主体与以内在自明、主观能动为主体性的理性主体截然不同，它在身份领受、表述中表现出模糊性、边际性、他者性；不仅在实践行动中遭遇可理解性框架的询唤和心理压抑，更面临禁忌中的禁忌和无意识的压抑。

第一节

我是谁?

在内在自明、主观能动的理性主体面前,"我是谁""我从哪里来"等问题被消解,失去了成为问题的合法性。因为,从笛卡尔经康德到费希特的主体理论,无论是"思"、"先天综合"还是"自我设定自己本身",都强调主体在内核上的明证性、确定性。这样的理性主体一方面是认知的绝对起点,另一方面具有自主的能动性。它向内是自明、自足的存在,向外则是可以作为认知起点的"实践主体"、"行动主体"[1]。

---

[1] 弗莱德·R. 多尔迈. 主体性的黄昏. 万俊人,朱国钧,吴海针,译. 上海:上海人民出版社,1992:2.

一、贝娄：脆弱的边际性存在

身份是主体性的重要组成部分，是一个人在社会中被认可和被理解的方式。《冒充白人》关注的"种族身份"历来被视为"外表标记"（visual mark）。当关键词落在"视觉上的""看得见的"物质身体"外表"时，种族身份这一符号能指被赋予了一目了然且明晰确定的所指。基于物质性的身体观，身体被视为等待表征的静态存在。

静态身体观的传统可以追溯到古希腊。在柏拉图的理论中，与灵魂对立的身体被视为令人烦恼的附庸，是欲望的根源，脆弱而不洁，需要理性的灵魂对其加以管束。然而，随着尼采在《权力意志》一书中提出"一切从身体出发"的口号，身体被赋予了主观能动性，开始凸显其意义，成为人之存在的根本规定性。弗洛伊德将身体视为欲望的原因，建立了欲望本体论。无论是唾弃还是赞美，在所有这些理论中，身体都被视为静态的原初性的物质存在，拥有一个等待被揭示和阐发的源初意义。正是在这种静态物质身体观的框架下，身体被视为同一性与连续性的保障，同时也成为身份理论建构的基础。在自足、能动的主体观下，主体的内在自明性被自然地转化为身份的连贯性与一致性。这意味着主体的自我认知是连续且稳定的，其同一性不证自明。在这种主体观的视域下，文学批评强调文学作品作为符号表征系统的特性，试图通过分析和解码这些符号来揭示主人公的身份与同一性。

当以"物质"指代人物的种族身份,并以"表征"思路阐释文本时,《冒充白人》中的"冒充"被解读为种族身份的丧失和对真实自我的否定:克莱尔象征着黑白混血儿因放弃"黑人身份"而产生的痛苦,艾琳则因代表了"种族忠诚"被视为"黑人种族的优秀代表"。然而,对"同一性"和"表征"的背离,需要从解构"物质"——那些所谓真实存在的"指甲、手掌、耳朵形状、牙齿"——开始。

在《冒充白人》中,克莱尔的物质形象总是通过他人的视角呈现出来。

> 她有一头淡金色的秀发,未经修剪,从宽阔的额头松散地向后梳着,一部分藏进了紧贴的小帽子里。她的双唇涂着鲜艳的天竺葵红,甜美、感性,又带着一丝倔强。那是一张诱人的嘴。她额头到颧骨的距离略显宽阔,乳白的肌肤透出柔润的光泽。那双眼睛极其动人!深色,有时近乎全黑,在长而浓密的睫毛下,总是闪闪发亮。那是一双引人瞩目的眼睛,迟缓而催眠,热情中混合着孤独和秘密。

但艾琳看到的远不止这些表面的物质特征,"啊!当然!那是黑人的眸子!神秘而迷蒙,镶在秀发下那张乳白色的脸上,透出一股异域风情"。同样是这具物质性的身体,在克莱尔的丈夫贝娄——一个种族主义者——眼中,却呈现出另一种坚定与决绝。虽然他在妻子的朋友面前称她为"黑子",但他也说:"对我来说,你随意变多黑都行，因为我知道你不是黑鬼。"

在这种针锋相对的矛盾中，巴特勒认为种族身份的关键词不是"看得见的"（visual）等待表征的静态物质性"外表"，而是"标记"（mark）——一个以"有标记"（marked）和"没有标记"（unmarked）为区分界线的符号系统的效果（effect）。和任何符号系统一样，种族身份符号系统的工作原理基于索绪尔提出的任意性和差异性。符号系统中能指与所指之间的对应关系既不自然也不必然，它们的联系是任意且武断的。整个能指系统依赖于项与项之间相互否定的差异而运转，意义与价值产生于差别秩序之中。在这个系统中，意义不取决于任何先验的所指，但它也不是独立的能指，因为它"并非隐藏于符号中，而在符号的间隙涌现"[①]。任何符号的意义都只源于与其他符号间的差异，这种差异意味着相互否定。换言之，并不存在某种等待被发现的本质的、确定的意义，正如贝娄对妻子克莱尔白人身份的认定并不在于她的肤色。他可以肆意调侃妻子的肤色——"我们新婚时，她白得像——像——呃，白得像百合花。不过我声明她正变得越来越黑"，甚至"如果她不小心，将来某天醒来时会发现自己变成了黑鬼"。但他对克莱尔的白人身份却毫不怀疑。与其他人不同，克莱尔是他的妻子，而他的家庭里是不允许有、也不会有"黑鬼"的！巴特勒指出，正是对"黑鬼"身

---

① 艾曼努埃尔·埃洛阿. 感性的抵抗：梅洛—庞蒂对透明性的批判. 曲晓蕊，译. 福州：福建教育出版社，2016：89.

份的标记,生产了贝娄口中毋庸置疑的白人身份。

"标记"这一概念最早由布拉格学派的俄国学者特鲁别茨柯伊(Trubetzkoy)在与雅各布森(Jakobson)的一次通信中提出。作为音位学的创始人,特鲁别茨柯伊在研究清浊辅音时提出了这一概念,并将"标记性"① 定义为"两个对立项中比较不常用的一项具有的特别品质"②。当这一语言学术语进入文化研究领域,"不常用"不再仅仅指代结构的复杂性或分布频率,而是意味着异常、边缘化、离弃与排除。被标记即被否定。贝娄声称自己比黑人更了解他们,但他了解的是"肮脏"、"总是抢劫杀人"的黑人,这些描述让他"浑身发毛"。尽管他口中关于"黑人"更多"更糟糕的"特点被克莱尔温和的责怪打断,但贝娄的描述显然已经将"黑鬼"作为被标记的身体加以异化与排斥,将其"制造为有标记和污点的"物质。

物质存在之处,权力关系早已暗流涌动。物质超越了任何试图在话语之外捕捉它的尝试,只有通过话语才得以显现。这一显现的过程,正是权力以话语方式进行生产的过程,巴特勒称之为"物质化"(materialization)。这是一个通过区分、划界、禁制和抹除,最终建构可理解性(intelligibility)的暴力过程。正是在这一过程中,贝娄口中的"黑人"作为一种所谓的"物质"在时间中被固化

---

① 赵毅衡建议将"标记"(mark)译为"标出性",此处为了与巴特勒《身体之重:论"性别"的话语界限》中译本的翻译方式保持一致,仍沿用"标记性"这一译法。
② 赵毅衡. 符号学. 南京:南京大学出版社,2012:279.

为具有边界的稳定性存在。在以物质为名的自然本质之下,是不平等权力关系的话语机制,以及二元对立的白人种族霸权话语。这些话语机制生产了物质身体与种族身份之间的"一致"、"同一"、"连续"的假象,又回溯性地将这一假象奠基于同样是其生成效果的物质化身体之上,将其建构为前话语的自然状态。当动态的权力关系生产机制被掩盖时,话语进一步将自己设定为对自然物质实体的表征,"宣称它不过是再现它们而已",以合法化自身的霸权暴力。

当这一"物质化"的暴力过程被遮蔽时,被遗忘的不仅仅是拒斥与否定,还有彼此间的关联。否定所试图划清的界限,反而更彰显了彼此间的联系。巴特勒提醒读者,不仅要看到黑人身份作为"标记项"被边缘化,还要看到在其被边缘化的同时,自然化、普遍化也在同步发生。有标记的、被污名化的黑人身份,正是"被用来掩饰白人身份的普遍性"的工具[①]。在黑人身份遭遇贬低的话语暴力之中,"现实效果"(reality-effect)被建构出来,这不仅是黑人的"现实",同时也是白人的"现实"。后者的现实可以从小说中只有白人可以迈入的德雷顿饭店窥见一斑——那是一个"像乘着魔毯飞到了另一个世界,愉快、安静,不可思议地远离了楼下被烈日炙烤着的世界"。从那里望出去,"越过一些较低的建筑,那片明亮平静的湖面泛着蔚蓝,向无穷的天际延伸开去"。这是与"肮脏"、"抢劫"、让人"浑身发毛"的世界截然相反的现实。然而,在巴特

[①] 朱迪斯·巴特勒. 身体之重:论"性别"的话语界限. 李钧鹏,译. 上海:上海三联书店, 2011: 181.

勒看来，无论是关于黑人还是关于白人的"现实"，都是建构的产物，其建构方式正是通过"标记"实现区分。在这泾渭分明的区分中，普遍性的建构正依赖于异己的存在。尽管异己被贬斥为无足轻重，但唯有以异己为"外在"，普遍化的逻辑方能起效。这一逻辑是一种暴力的逻辑，因为它需要一个外在——一个被差异化、被贬低甚至被抹除的外在。这个被斥为异己的他者，正是在建构的表征中被生产、制造出来的。

简而言之，普遍化以暴力的方式生产了其发生的场域。在具有普遍性的白人"现实"中，一定存在一个以暴力建构并被表征为异己的他者，即关于黑人的"现实"。"异"与"他"意味着非我，更意味着威胁，但诡异的是，如果没有这一场域的存在，普遍化也将无法施展。任何形而上学的在场秩序都是在同一与外在的对立间得以建构。普遍性的身体与被标记的身体，白人身份与黑人身份，就这样被揭示为既相互对立又彼此内在的存在。一方面，它们必须通过否定互相排斥；另一方面，这种否定与排斥更意味着联系。普遍性的存在必须以边缘的存在为前提，后者是前者的"构成性外在"。

贝娄自认为"内在自明"的白人身份，是基于白人/黑人种族身份之间明确清晰的边界确立的。"我不是简单地不喜欢他们，我讨厌他们"，"他们让我浑身发毛，那些个肮脏的黑鬼"，"我是否认识些黑人？感谢上帝，没有！也不希望会有！"贝娄不断强调着种族身份的边界。但在巴特勒看来，正是这种不断被明确的边界暴露了白人身份的脆弱性。因为黑人身份（blackness）这一贝娄试图拒斥甚至抹除的存在，悖论性地成为白人身份的"构成性外在"，是其获得"可理解性"的前提与基础。① 没有黑人身份，白人身份也将不复存在。两者间在贝娄看来清晰明确的界线，其实并非泾渭分明，而是同存共在；被界线排除的并非边缘，而是"增补"（supplementation），是幽灵。卢梭将"增补"视为相对于源初的次要和匿名，而巴特勒却是在德里达的理论视域使用这一术语。在德里达的理论视域中，"增补"具有"添加"、"替代"的双重含义。它既是对他物的补充，也是对他物的一种威胁，正是这种具有威胁性的外在维系了界限内的存在。被二元对立逻辑视为边缘、劣势的"增补"，是所谓在场源初、普遍同一得以存在的先决条件。正所谓，"皮之不存，毛将焉附"？

贝娄，作为一个白人种族主义者，他厌恶所有黑人。为了维护白人的种族纯粹性，他拒绝与黑人有任何联系。当他骄傲地宣称自己一个黑人也不认识时，当他自信地确认"以前没有，未来也不会有"时，他认为自己的种族身份是"内在"而"自明"的。然而，在巴特勒看来，贝娄所谓内在自明的种族身份并非源于任何自然身体特征或物质现实，而是依赖于被标记、被拒斥的他者。它是一个符号系统的效果，即"基于没有标记的身体来解读有标记的身体，

---

① 朱迪斯·巴特勒. 身体之重：论"性别"的话语界限. 李钧鹏，译. 上海：上海三联书店，2011：166.

而没有标记的身体构成了普遍的常态性白人身份"①。

"我思"作为精神实体的独立自在、作为理性主体的绝对完满，使得"我在"不容质疑，也让"我"作为主体的主体性显得自我给予、自我确定。然而，这种"清晰自明"的主体，在巴特勒对贝娄白人主体身份的分析评论中，沦为了以任意性、差异性为特点的符号系统的效果。"我"不再是"我思"所确定的坚实成果，而只是符号间隙涌现的脆弱边际性存在。"主体"也不再是自明自足的理性主体，而是失去了坚实本质基础，建立在他者联系性之上，充满偶然性、不确定性的"后主体"。

二、克莱尔：他者凝视下的自我沉默

近代哲学的主体性原则奠基于笛卡尔"我思故我在"的论断，最终确立于康德的哲学革命。经过康德的阐发，理性的先天思维形式成为一切感性经验得以可能的根据。这场哥白尼式的变革，如果用一句话来概括，那就是"人为自然立法"。理性主体在认识、道德、审美中占据了基础性、主导性的地位，成了"一个活动的原则，一个秩序和规则的潜在源泉"②。笛卡尔式的实体性理性主体被功能化、逻辑化、先验化，成为认识论意义上的理性主体——先验主体。所谓先验，用康德的话来解释，即"不与对象相关，而惟与

---

① 朱迪斯·巴特勒. 身体之重：论"性别"的话语界限. 李钧鹏, 译. 上海：上海三联书店, 2011：165.
② 周贵莲, 丁冬红. 国外康德哲学新论. 北京：求实出版社, 1990：158.

吾人认知对象之方法相关"[①]。先验奠基于主体的理性综合能力，这种能力正是主体能动性的体现。由此，"主体能动性成为德国古典哲学的灵魂"，贯穿从费希特、黑格尔到马克思的讨论。然而，在巴特勒对小说《冒充白人》的分析评论中，这样的理性能动主体失去了其基础性、主导性的先验地位，反而处处受限。在巴特勒的文本批评中，主体不仅被解构为以任意性为特点的符号系统的效果，成为差异的边际性存在，而且在他者的凝视中，成为唯有以自我的沉默为代价才能获取主体性的"后主体"。

多年后，克莱尔与艾琳在德雷顿饭店顶楼咖啡厅的相遇，从凝视开始。

> 她的第六感敏锐地察觉到有人在注视着她。缓缓四顾，艾琳对上了一双黑眼睛，是邻桌的绿衣女人。但是，对方显然没有意识到自己表现出的极大兴趣会让人尴尬，继续凝视。她专心致志，决意要将艾琳容貌的每个细节都永久铭记，即便她的密切注视被察觉，也没有一丝一毫的惊慌失措。

这样的凝视让艾琳感到不安："难道那个女人，会不会那个女人，不知怎的晓得了，眼前在德雷顿楼顶坐着个黑人？"但很快，她打消了这个念头：

> 可笑！不可能！白人在这方面非常愚蠢；尽管如此，他们

[①] 康德. 纯粹理性批判. 蓝公武, 译. 北京: 商务印书馆, 1960: 42.

常常宣称自己能够辨别；最荒谬的方法包括看指甲、手掌、耳朵形状、牙齿，以及其他愚蠢的方法。他们总把她当成意大利人、西班牙人、墨西哥人，或是吉卜赛人。当她独自一人时，从来没有人疑心她是黑人。

在克莱尔目光的凝视下，艾琳只有瞬间的惊慌，继而便恢复了镇定，因为她确信在那个以生物学物质性为基础、一望而知的种族划分中，她是模糊的存在。不仅她，还有克莱尔。清晰确定的种族边界在她们那里变得模糊、摇摆。她们"浅淡的肤色"站在了德里达所说的"没有位置的位置"。种族作为一个"自然范畴"所依据的物质性基础——肤色、体质，在克莱尔和艾琳的身体面前失效了。披在主体与身份之上的"自然"、"本质"的伪装被揭下，巴特勒宣告物质性就是权力[①]。不过，这样的权力狡猾而隐蔽——它通过分类、划界的方式生产了身体，却又迅速隐藏在身体物质性的屏障之下，将后者建构为原始自然的存在。

当克莱尔和艾琳的身体无法被"自然化"时，她们的主体身份如何确认？巴特勒发现，面对"我是谁"的疑问，克莱尔选择了沉默，唯有沉默，她才能成为主体、获得主体性。起初是因为白人姑婆的禁止——"她们禁止我向邻居提及黑人，甚至不能提及南方"，而"我遵守了"。而后，当贝娄，克莱尔的丈夫，坚决地"将手一

[①] 朱迪斯·巴特勒. 身体之重：论"性别"的话语界限. 李钧鹏, 译. 上海：上海三联书店, 2011：12.

挥……'我知道你不是黑鬼'……"时，克莱尔什么也没说。当贝娄大笑着调侃妻子"将来某天醒来时会发现自己变成了黑鬼"时，克莱尔只是以银铃般的笑声应和着。不仅是克莱尔陷入沉默，坐在一旁的格特鲁德虽然不安地挪动了一下身子，也只能用尖笑来躲避尴尬的沉默；艾琳即使满心愤怒，也只能发出阵阵笑声，即使"笑着笑着笑着，泪水自她的脸颊滑落，肋间作痛，嗓子发疼"。笛卡尔式"我思"的内在自明且不容置疑的"我在"，在克莱尔所处的情境中，却唯有在"我不思"、"我不语"之时方得以"在"。他者的霸权成就了克莱尔的主体、主体性。这时的主体、主体性不是对某种"本质"的"发现"，而是一种"发明"。无所谓生物学基础、物质性差异，无所谓什么自然、内在、自足，本质的幻想在"不思"、"不语"的自我沉默中离析。

克莱尔浅淡的肤色让她成了未被表述的"物质"[1]，不语的沉默使她在种族的边界摇摆。这样的"未被表述"，这样的摇摆，在种族体系内在连贯、种族边界清晰确定的霸权要求下，要么必须被排除在外，要么必须被正本清源。那个可以观看、可以思考，因而可以超越的笛卡尔式的主体，只能在"不思"中被凝视与命名。

父亲死后寄居在姑妈家的克莱尔被命名为一个需要掩藏自己种族身份的黑人。在白人姑妈的凝视中，她唯有通过承担所有的家务和大部分清洗工作来获得自己的身份，成为主体。因为在白人姑妈

---

[1] 朱迪斯·巴特勒. 身体之重：论"性别"的话语界限. 李钧鹏，译. 上海：上海三联书店，2011：18.

们的观念里,"繁重的工作对我有益。我流有黑人的血,而她们那代人,写的和看的都是题为'黑人愿意工作吗?'之类的长篇大论"。更重要的是,在笃信上帝的姑妈眼中,作为含[①]的后代,黑人理应为含所犯下的罪过辛苦流汗。

此后,贝娄进入克莱尔的生活,在贝娄的凝视下,那双最容易出卖她的深色眼眸却有了神秘的风情,"镶在秀发下那张乳白色的脸上,透出异域风情","热情中混合了孤独和秘密"。"黑子",这是克莱尔的丈夫贝娄,一个白人种族主义者,对她的"命名"。"你好啊,黑子。"故事的开端,在贝娄家的客厅里,贝娄向克莱尔这样打着招呼。克莱尔没有说话,尽管"在克莱尔眼里,传达给她丈夫的,是一丝古怪的神色,一丝嘲讽"。同样是这个称呼——"黑鬼!我的天啊!这是一个黑鬼!"在故事的结尾处,"他的声音带着咆哮和呻吟,显得生气而且痛苦"。凝视无疑成了主体得以生成、同时也是将其最终毁灭的决定性力量。克莱尔有那么一刻,就站在那儿,"一个活生生的生命,像一团红黄色的烈火,而下一秒,她就不在了",从窗口消失。

"我就没于一个流向别人的世界"[②]——罗兰·巴特笔下的别人的世界,在巴特勒看来就是那个大写的他者的世界。贝娄的观察和

[①] 根据《圣经》的记载,非洲人的祖先含看见父亲诺亚赤身,除了告诉两个兄弟,他什么也没做,因而受到诅咒。
[②] 萨特. 存在与虚无: 修订译本. 陈宣良, 等译. 北京: 生活·读书·新知三联书店, 2007: 348.

凝视、嘲讽和咆哮代表了白人身份的管制性规范①，他早已成为规训与权力的共谋，他的凝视是权力化的视觉模式。"黑子"、"黑鬼"，不论是调侃式的招呼，还是痛苦的怒吼，巴特勒都将其解读为"一种象征性的种族化"（symbolic racialization）② 的询唤。为了自己的主体性、主体身份，克莱尔唯一能做的是屈从，是用自己的沉默回应一切的询唤。

贝娄的凝视与命名最终摧毁了克莱尔，但在很长一段时间里，同样的凝视与询唤也曾照亮并点燃了克莱尔，确认了她主体般的存在。从被招呼到被咆哮，克莱尔无力而被动，一如巴特勒将克莱尔比作的火焰——"她就是火焰。她的光芒依赖于他所赋予的生命；她的幻灭也是这一力量的结果"③。

---

① 朱迪斯·巴特勒. 身体之重：论"性别"的话语界限. 李钧鹏，译. 上海：上海三联书店，2011：182.
② 朱迪斯·巴特勒. 身体之重：论"性别"的话语界限. 李钧鹏，译. 上海：上海三联书店，2011：182.
③ 朱迪斯·巴特勒. 身体之重：论"性别"的话语界限. 李钧鹏，译. 上海：上海三联书店，2011：167.

第二节
我欲望什么？

如果卢梭在抱怨"自己实际上是一种样子，但为了本身的利益，不得不显出另一种样子"时，仍在表达着对理性主体自我选择的信仰，那么弗洛伊德"人的历史就是人被压抑的历史"的断言，已然宣判了理性主体的日薄西山。在后者的理论演绎中，主体不仅在社会存在上受到了压抑，在本能结构的生物存在上也同样遭到压制。那些为文明所不容的情感、欲望和冲动在社会中必然得不到满足，必须被限制。这样的限制不仅来自外部社会的压抑，更得到了主体内部心理机制的支持——一切道德、律法所不允许的冲动欲望，只能被隐藏在无意识之中。

弗洛伊德所揭示的主体自我压抑不仅在巴特勒的后主体思想中得到了呼应，还得到了进一步的深化。这样的深化是在将精神压抑与规范话语相结合的基础上进行的。在对小说《冒充白人》的分析中，巴特勒在福柯提出的规范话语制约（normative constraint）的基础上，通过对小说人物艾琳的欲望的分析，揭示了话语的精神压抑机制（psychic constraint），并进一步揭示了"禁忌中的禁忌"——主体遭遇的无意识压抑（unconscious constraint）。

一、艾琳：话语框架下的多元询唤

福柯让我们看到人被话语包围，遭受着话语以真理之名施加的结构暴力——伴随这种话语，出现了一种社会用来掌握我们的姿态、存在方式和行事方式的可理解性框架（grid of intelligibility）。在福柯揭示出话语、框架是主体不可逃脱的历史境遇的基础上，巴特勒更进一步试图阐释权力凭借何种机制实施了压抑，话语、框架如何作为一种掌控和强制实现了物质化——身体话语的物质化、身体感知的物质化，以及在这样的物质化中，个体如何在与话语的交织、融合中得以主体化。

《冒充白人》中的主人公们遭遇了怎样的框架与话语？它们如何发生效果？人物在这样的框架与话语中又是如何被物质化、主体化的？在巴特勒的分析中，在艾琳这一人物身上，社会规范话语的两个看似独立区分的轴线相交在了一起——种族禁忌与性别禁忌。作为黑人女性，她遭遇了"多元询唤"（multiply interpellated）。不同于许多精神分析学派的女性主义理论家——他们将性别视为原始、基本的差异，认为超我以理想状态的"男人"和"女人"的社会行为标准对本我加以监督管束，象征域则以"男性气质"、"女性气质"的概念要求同一。巴特勒提醒我们避免将"性别差异"视为边界轮廓清晰、自成一体的存在，而忽视了各种话语规范间的相互渗透与交错。巴特勒借用拉康的概念让我们思考，"象征域是由什么社会关系构成的，对性象及其心理表述的社会规制是由什么种族化性属、性属化种族、种族理念的性别化或性属规范的种族化的交集构成的"[①]。性别差异、种族差异，性属规范、种族化规范，这错综复杂的交错，正是艾琳身心所处的境遇。

巴特勒的分析从关于黑人女性性象、欲望的知识话语开始。这套话语的关键词是性象（sexuality）与道德（morality）。"好女人"与"坏女人"的区分首先是种族化的区分。在好与坏的二元对立中，黑人女性被建构为理想女性形象的对立面，甚至被归属为"非女人"（non-woman）、"非人"（non-human）。这样的归属合法化了奴隶制下奴隶主对她们的性奴役，同时也合法化了对黑人女性在性、道德方面堕落性的符号表征。黑人的特点被建构为"驯服而顺从，但当情欲被激发时情感强烈而缺乏自控力"[②]。黑人女性的形象在小说、诗歌、戏剧等传统白人文艺作品，甚至黑人男性作家作品中，被表征为"具有性侵犯性的奶妈"，被力比多驱使的荡妇，无

[①] 朱迪斯·巴特勒. 身体之重：论"性别"的话语界限. 李钧鹏，译. 上海：上海三联书店，2011：179.

[②] Robert Bennett Bean. Some Racial Peculiarities of the Negro Brain. *American Journal of Anatomy*, 1906, Vol. V：353—432.

力抚养正直的未来公民的"非母亲"。① 这样的建构与表征不仅盛行于奴隶制尚存的十九世纪晚期，还以绝对的稳定性延续到现代话语中。在这套所谓的知识话语中，黑人女性被表征为猥琐而淫乱的，其性象被建构为过度而危险的。黑人女性以性象为特征，站在了道德的对立面。

关于黑人女性的知识话语产生的结构性暴力，正是对黑人女性性象的压抑。面对这样的知识话语，黑人女性作家看似"能动地"选择"对性象小心而含蓄地处理"，因为"黑人女性对性自由的期望只会让她们沦为公共侵犯的受害者，让她们的身体继续成为白人种族主义者征服的领地"②。如同黑人女性作家小心翼翼的"选择"，艾琳看似能动地选择了自己的态度与立场——对克莱尔性自由的鄙夷，对克莱尔所代表的生活的蔑视。她没有向父亲提起她与克莱尔在德雷顿的久别重逢，尽管父亲当年曾为那个可怜的女孩而神伤。"她告诉自己，她可没有意愿去谈起一个看轻自己的忠诚和审慎的人。"然而，这样的态度与立场，在巴特勒看来恰是话语的物质化。艾琳以种族之名的拒绝、抵制，正是道德的种族观念的话语与框架的物质化结果。

在巴特勒的理论语境中，种族不是一个以物质性身体为基础的

---

① Julia S Jordan-Zachery. *Black Women, Cultural Images and Social Policy*. New York: Routledge, 2009: 39.
② Judith Butler. *Bodies that Matter: On the Discursive Limits of Sex*. New York: Roudedge, 1993: 178—179.

生物学概念，而是指以"杜波伊斯式超升"概念为核心的种族话语。"杜波伊斯式超升"是杜波伊斯（Du Bois）面对"吉姆·克劳法"（Jim Crow Laws）的强制种族隔离制度，提出的"超升黑人群众"的主张，旨在推动将被视作未开化的、前现代奴隶集合的非洲裔美国人吸收到现代性的构成规范中。① 这是一种建立在历史进步史观信仰之上的种族话语。然而，巴特勒看到，在这所谓对"向上的阶级流动性"②的追求中，深深地烙印着男权主义的痕迹。

这样的种族概念蕴含着一个道德内核，即要求"妇女忠于家庭"。家庭几乎是艾琳生活的全部。与克莱尔在芝加哥的偶遇，正是因为她在那闷热的天气里四处为两个小儿子购买旅行的礼物。与克莱尔在德雷顿顶楼聊天时，她详尽地讲述了自己的家庭——"自己的丈夫，夏令营中首次与父母分别的两个儿子，母亲的离世，两个兄弟的婚姻"。当克莱尔说"孩子不是一切"时，艾琳听出了她对自己的嘲笑，回答道，"我对当妈这事认真得很"。这样的家庭制度似乎保护了种族主义者建构与剥削下脆弱、无助的黑人女性性象。家庭这一私人领域为黑人女性的欲望提供了一片合法地带，从而避免了种族主义者的践踏和扭曲。然而，事实上，这样的道德内核不仅以种族之名要求黑人女性克制，更以男权主义的阶级超升之

---

① Don Rodrigues. *Of the Meaning of Progress: Duboisian Double Consciousness, Propaganda, and The Rhetoric of Scientific Racism*. Nashville：Vanderbilt University，2013．
② Judith Butler. *Bodies that Matter: On the Discursive Limits of Sex*. New York：Routledge，1993：178.

名压抑着黑人女性。

正是在种族之名、阶级超升之名、进步之名的话语框架的物质化下,黑人女性主体得以产生。这样的规范话语物质化与主体化的过程,绝非纯然的外部作用,而是通过对黑人女性的心理制约实现的。巴特勒通过对艾琳的愤怒的分析,带我们窥探在这一主体化过程中,话语如何内化为克制与压抑的心理制约。

派对上,艾琳的耳中断断续续传来克莱尔与戴夫的谈话,沙哑的嗓音,配上迷人的黑色双眸、象牙色的眼睑、妩媚的笑容。这不是艾琳第一次目睹克莱尔的"挑逗"。在她们久别重逢的德雷顿饭店顶楼咖啡厅,"一名侍者正在听她点单。艾琳看到她对他笑笑,低声说着什么——或许是谢谢。这是一种奇特的笑容。艾琳虽无法确切定义它,但肯定自己本可以将它归类为来自另一个女人、对侍者有点太过挑逗的笑"。如果在咖啡厅第一次相遇时,艾琳只是对克莱尔的"挑逗"心怀鄙夷,那么目睹派对上这场"挑逗"的艾琳则"怒火中烧","手中的杯子被捏碎,碎片洒在她的脚边。溅在浅色地毯上的污渍渗透开去"。

是什么让艾琳"怒火中烧"?她为何愤怒?杜波伊斯将这样的愤怒归因于艾琳的种族道德感。难道不是吗?艾琳对克莱尔的鄙夷与不屑,对孩子们不雅玩笑的担忧,对丈夫布莱恩想去巴西的古怪想法的坚决反对——她明智地指出这样绝对不可能,以及这样做可能会对她和孩子造成的伤害。杜波伊斯将这部小说视为"阶级超升"的最佳案例。

和杜波伊斯不同，巴特勒觉察到了小说文本中艾琳处处流露出的挣扎，并从这样的挣扎中重新诠释了她的愤怒——对克莱尔的恨不仅源于对她种种"恶行"的鄙夷，比如谎话连篇、背叛种族，更是因为这些谎言和背叛给克莱尔带去的自由。尽管这只是一种短暂的自由，但这样的自由是艾琳在种族之名、阶级超升之名、进步之名的话语框架下被自我否定、压抑的自由。现在，艾琳对这份自由的渴望重新被克莱尔唤起。经过芝加哥的偶遇和拜访后，艾琳不再想见到克莱尔。她告诉自己，"她实际上就是陌生人。生活方式和方法上的陌生人，愿望和追求上的陌生人"。然而，当克莱尔不请自来地闯入她的家时，艾琳看着眼前这个女人，为她的坚定而震惊，震惊于"其感情上不能企及的高度和深度，而这种感情，艾琳·瑞德菲尔德从未知晓"。但这种想法转瞬即逝，艾琳立刻告诉自己，这样的感情，她"从来不屑知晓"。毕竟，这样的自由，这样的激情，在由种族之名、阶级超升之名、进步之名构成的话语框架下无处容身。艾琳能做的，只是将自我的自由与激情献祭。

这样的献祭正是由规范、禁令构建的话语框架以强制的精神侵占完成的物质化、主体化的结果。对这一精神侵占过程，巴特勒以弗洛伊德的超我（super-ego）、自我理想（ego-ideal）概念进行了说明。作为弗洛伊德人格结构中最高层次的部分，超我遵循完美原则。自我理想和良心（conscience）是超我的两个层面。前者是一个有关你应该如何的想象性画面，一个自我希冀成为的完美自我的内在形象。这个形象扎根在超我里，作为超我的基础，推动着超我不断凝视自我。这凝视是观察，更是测度；是审视，更是评判。作为律法的代表、规范的化身，它以权力话语为标杆打量着"自我"，不断提醒着"自我"的出界与越轨①。然而，这不仅仅是"外观"的审视和评判，更是心理上的禁止和规训。超我"是社会规制所基于的心理施为（psychic agency）"。在这不断发生的询唤中，社会规范、社会理想得到了心理机制上的维系与实现。艾琳成了那个以种族之名、阶级超升之名、进步之名的话语框架多元询唤的物质化效果。她必须忠于她的种族，尽管她在心底嘶吼："种族！束缚着我，让我窒息。"

克莱尔呢？冒充为她带来了可变性（changeability）——某种白人拥有的阶级流动性，同时也为她带来了诱惑力，因为"伪装本身的魔力似乎性欲化（eroticize）了克莱尔"；然而，这所有的可变、流动和诱惑只能是片刻的、暂时的。身处以概念凝固关于"人"的一切鲜活的象征秩序，克莱尔的死亡无可避免。"她的死亡标志着性属、性象和种族的象征秩序的成功。"②这样的成功不仅仅体现在贝娄的那声怒吼中。艾琳的愤怒也让她必须叫停克莱尔，叫停她的自由——种族的、性象的。这不仅因为克莱尔的自由违背了她所谓的种族观和家庭观，更因为她必须叫停自己的性自由。这份

---

① 朱迪斯·巴特勒. 身体之重：论"性别"的话语界限. 李钧鹏，译. 上海：上海三联书店，2011：178.
② 朱迪斯·巴特勒. 身体之重：论"性别"的话语界限. 李钧鹏，译. 上海：上海三联书店，2011：180.

自由，更准确地说是这份对性自由的渴望，是克莱尔激起的，所以要终止这份渴望首先要终止克莱尔的"自由"。然而，不论是艾琳的愤怒情绪，还是她叫停克莱尔的行动，却绝非主体能动性的彰显。正如巴特勒所说，如果贝娄代表的是白人男权主义制定的那套禁制性规范，那么艾琳同样没有逃过规范的宰制，只不过这一次的规范话语是以玫瑰色的希望与承诺的形式出现。为了获得它所许诺的阶级超升，艾琳"接受了威胁到她的权力形式，最终成为这种权力的工具"[①]。这份权力是主体的威胁，也是后主体的承诺。管制性规范与可理解性话语框架阉割了自由、欲望与激情；但也唯有通过规范、话语与框架的询唤，主体化方得以发生，后主体才得以生成。

二、艾琳：无法叙述的创伤

成为后主体意味着欲望必须遭遇规范话语与可理解性框架的阉割，但遭受阉割的欲望不仅是在异性恋框架之下的性自由，更有禁忌中的禁忌——不可言说的欲望、无法叙述的创伤。

在德雷顿饭店顶楼咖啡厅多年后的第一次相遇，克莱尔凝视的目光于艾琳是曝光的危险，更是诱惑。"艾琳偷瞥了一眼。还在看。她的眼睛莫名地慵懒。"她从气愤、不屑到恐惧，"难道那个女人……不知怎的晓得了，眼前在德雷顿顶楼坐着个黑人？"艾琳拒

---

① 朱迪斯·巴特勒. 身体之重：论"性别"的话语界限. 李钧鹏，译. 上海：上海三联书店，2011：182.

绝被观看，她大胆地看了回去，却陷入了那眼神坦率的专注。她刻意转过脸，把目光转向远处的景色，不想那眼神继续向她逼近。在抬头再次迎向那眼神的时候，"猜疑恐惧消失不见，那微笑分明带着友善，魅力难挡。她立刻投降"。然而，这样的诱惑在后文的叙事中戛然而止，流着汗向家走去的艾琳告诉自己，"她可没有意愿去谈起一个看轻自己的忠诚和审慎的人……她和克莱尔已经没什么可说的"。之后，是一个接一个被拒绝接听的电话，一封接一封被撕毁扔弃的信，艾琳很确定，"她们实际上就是陌生人。生活方式和方法上的陌生人，愿望和追求上的陌生人"。但这个让艾琳鄙夷的"陌生人"却莫名地吸引着她，动摇着她坚定的理智。电话最终被接听了，即便挂上电话的她"内心立刻陷入了自责"；收不到回信的克莱尔不请自来了，"面对眼前的这个女人，艾琳·瑞德菲尔德突然有一种无法解释的爱怜涌上心头"。

　　巴特勒将视线聚焦于艾琳家客厅发生的两者的又一次碰面。小说中作者拉森这样描述："她记得，当她漫无目的地下楼磨蹭了好一会儿后，冲进布莱恩等她的客厅，发现克莱尔也在那里时，那令她惊叹地说不出话的羡慕……""无法解释的爱怜"、"惊叹地说不出话的羡慕"，在巴特勒看来，这欲言又止的无法解释、说不出话是一种不可言说的欲望、无法叙述的创伤。无论是爱怜还是羡慕，当一个人心中感受万千却发现无力表达时，巴特勒看到了在话语框架下无影无形却真实存在的无意识制约。

　　对无意识制约的揭示需要回到列维-斯特劳斯在《亲属制度的

基本结构》一书中关于自然与文化的宏大理论阐释。看似自然合理的社会禁忌,正是奠基于性象欲望的无意识制约——禁忌的禁忌。根据列维-斯特劳斯的理论,人类从自然到文化的过渡,倚靠的正是关于欲望的心理制约——"乱伦禁忌"。弗洛伊德从心理学角度加以阐发,认为每一个处于俄狄浦斯阶段的男孩都有过弑父娶母的欲望。在"阉割焦虑"(castration anxiety)的折磨之下,乱伦禁忌被内化为超我,从心理内部建构了对乱伦欲望的禁制。在拉康的理论体系中,这样的禁制由"父法"达成——"父亲真正的职能是把欲望和法结合起来"[①]。

乱伦欲望被禁制了,但在明文禁制的欲望之下,还有一种欲望从发端之初就无声地失去了合法性,在沉默中不见踪影。不论是"乱伦禁忌"、"阉割焦虑"还是"父法",从列维-斯特劳斯、弗洛伊德到拉康,巴特勒看到他们的理论框架都奠基于异性恋假设,换言之,奠基于对同性恋性象的先在禁制。划界自然与文明的乱伦禁忌,先在地规定了异性恋的强制性地位。进入俄狄浦斯阶段的孩子们,在阉割焦虑中臣服于在弗洛伊德看来天然合法的二元对立性象的倾向之一;或者,用拉康的术语来说,镜像阶段的孩子们,或者"拥有",或者"成为"菲勒斯,以离心的方式通过另一个欲望确认自己的性别位置。以上种种,在巴特勒看来正说明乱伦欲望的禁制从开端就是异性恋的建构,这样的建构的发生基于对同性恋性象的

[①] 金开诚. 文艺心理学术语详解辞典. 北京:北京大学出版社,1992:360.

摒弃。这样的摒弃正是无意识的制约,因为被摒弃的性象意味着一种从未在意识中出场的欲望,意味着一种被遮蔽的压抑。这正是禁忌中的禁忌。

回到艾琳家客厅发生的那次碰面。到了嘴边又被咽回的赞叹,借叙述者之口说了出来——"高贵典雅、熠熠生辉、清香袭人、花枝招展。身穿一件庄重高贵的亮黑色丝质礼服,长长的裙摆、雅致的裙褶包裹着她那纤长的黄金色双脚;闪亮的头发柔顺地梳在后面,在她的颈背部形成一个小小的卷;她的眼睛就像黑宝石一样闪闪发光"。这是艾琳看到的克莱尔,还是布莱恩眼中的克莱尔呢?毕竟,当她冲进客厅时,布莱恩已经在那里了;当她惊叹地说不出话时,布莱恩也已经看到了克莱尔的美。更重要的是,艾琳看到布莱恩也看到了。巴特勒疑惑了,叙述者之口说出的是艾琳"惊叹得说不出话的羡慕",还是布莱恩的赞叹?字里行间是谁的欲望?毕竟"叙述的语法并不能让我们确定是谁欲望着谁"[1]。当艾琳、布莱恩同时转向克莱尔时,他们在她身上看到了什么?又发现了什么?以至于"他们不再寻找对方,而是映射彼此的欲望"[2]?

那一刻视线的重叠,在巴特勒看来更是"意志的重叠"(doubling will)。这视线的、意志的重叠,为巴特勒开启了进入艾

---

[1] Judith Butler. *Bodies that Matter: On the Discursive Limits of Sex*. New York: Routledge, 1993: 168.
[2] Judith Butler. *Bodies that Matter: On the Discursive Limits of Sex*. New York: Routledge, 1993: 169.

琳那不可言说的欲望的入口——布莱恩。

克莱尔在早春的时节离开，转眼进入年末。"温软的日子透着春的气息"，但"这种温和的天气一点也没有圣诞的气氛"。艾琳"有些疲惫与消沉"。布莱恩"这些天情绪低落、焦躁不安，一副郁郁寡欢的样子……跟他以前那些时不时发作的焦虑症相比，有相似又有不同，让她捉摸不透"。"他焦虑，而他又平静。他心怀不满，但有时候却让她感觉到他有种隐秘的巨大满足感，这满足感，就好像小猫偷吃到了奶油。""他在拖延时间，他在等待。但他到底等的是什么呢？"艾琳一次又一次地问自己。很快，她找到了所谓的答案——"克莱尔·肯德利！就是她！"

从视线、意志的重叠，到欲望的移置，此时的布莱恩成为艾琳圆满自己欲望的幽灵。艾琳的欲望在禁制中偏离了它的原始轨道。"原始的圆满欢愉（jouissance）在创建主体的原初压抑里衰落……通过这个禁忌而建立的主体，它的所言所语只不过是将欲望移置到那无可挽回的快感的换愉性替代物之上。"[1] 在这移置中，布莱恩占据了合法的性象位置，被要求去达成艾琳投射在他身上的欲望，并敢于达成这欲望。在这移置中，布莱恩担起了禁忌中的禁忌——作为被艾琳否认的同性恋性象，也同时担起了艾琳的嫉妒。

弗洛伊德在《嫉妒、妄想狂和同性恋的神经症机制》一文中，探讨了嫉妒的三个层次：竞争性嫉妒、投射性嫉妒、妄想性嫉妒。

---

[1] 朱迪斯·巴特勒. 性别麻烦：女性主义与身份的颠覆. 宋素凤，译. 上海：上海三联书店，2009：59.

巴特勒引用了弗洛伊德关于妄想性嫉妒的相关论述来讨论艾琳的嫉妒。妄想性嫉妒（delusional jealousy）"来自压抑过的不忠倾向，而这些幻想的对象针对同性个体……对应于一个变得紧张的同性性欲"①。换言之，这样的嫉妒表面看来是艾琳对看似心有旁骛的丈夫布莱恩的欲望，实际上这份欲望只是对另一份不可言说的欲望的掩盖和取消，正是后者的不可言说催生了这份符合异性恋矩阵的欲望。② 对弗洛伊德从男性角度出发的程式"并不是我爱他，是她爱着他"，巴特勒将其表述为"我，艾琳，不爱她，克莱尔；他，布莱恩，爱她"③。

通过嫉妒，艾琳将自己不愿意感知也不可能感知的东西投射到了外部——他人身上。通过移置，布莱恩的欲望替换了艾琳的欲望，而后者也成功地否认了自己的欲望。但这样的否认绝非通常理解中主体能动性的表现，在巴特勒看来，这样的否认是"禁忌中的禁忌"，是"未为之哀伤的失去"（ungrieved loss），是后主体在无意识层面遭受的心理制约。

通过揭示"禁忌中的禁忌"，巴特勒展示了后主体遭遇的无意识制约。艾琳那无法叙述的创伤，正是"禁忌中的禁忌"的产物。

---

① Judith Butler. *Bodies that Matter: On the Discursive Limits of Sex*. New York：Routledge，1993：180.
② Judith Butler. *Bodies that Matter: On the Discursive Limits of Sex*. New York：Routledge，1993：180.
③ Judith Butler. *Bodies that Matter: On the Discursive Limits of Sex*. New York：Routledge，1993：180．

对话语精神机制理论的阐发，从意识到无意识，也正是巴特勒在福柯权力话语基础上对压抑主体理论的进一步深化。

在对小说《冒充白人》中人物形象的解读中，巴特勒通过"我是谁"、"我欲望什么"的设问揭示了理性自足、能动主体面临的崩塌，以及压抑主体遭遇的来自话语的精神压抑机制的制约，实践了其后主体文艺批评。这样的批评奠基于巴特勒的后主体思想，这里没有因某种本质而内在自足、自明、自主的能动理性主体，只有在话语中生成的复数主体。这一主体化过程通过与他性的联系、他者的凝视而发生；这一主体唯有通过话语的询唤、框架的显隐而显现，唯有经过阉割与压抑，方得以生成。这是一个站在内在自明、自足能动的理性主体倒下后的废墟上的后主体。这是一个不仅遭受压抑主体内部心理机制制约，更遭遇话语的精神压抑机制制约的后主体。

主体的崩塌宣布了"身体—性别/种族—欲望"这一所谓"同一"的不可达成。在传统主体观视域的文学批评中，因放弃"黑人身份"而痛苦的克莱尔，只能在他者的凝视下保持沉默。这凝视生成了她的主体性，也最终毁灭了她。代表"种族忠诚"的艾琳以种族之名拒绝的，不过是霸权话语框架多元询唤之下的自我否定与压抑；而那被"冒充"否定了的真实自我，也在"种族身份"被揭示为差异性符号系统的效果之时被宣判为虚幻。

在"身体—性别/种族—欲望"的同一之外，还有一种更深层次、也更根深蒂固的同一，那就是对"本质—表象"这一对二元关系的信仰。这一对立可以追溯到柏拉图对理念世界与感性现实世界的分离。前者一旦被确立为"真理"世界，一切学问的终极目的就被设定为对理念世界中"真理"的追求。人的认识由此成为对"表象"之下的"真理"的揭示，所有的思考都是对同一的理念世界的还原和表征。然而，巴特勒对卡夫卡两篇作品的分析却瞄准了"本质—表象"这一对二元关系，试图宣告同一的不可达成。

第二章

主体解放话语的无以为继
——卡夫卡笔下回不去的故乡

巴特勒以对理性主体自明而自足的自我意识、身份认同的解构，拆解了"被看作真正的神性"的"自身同一性"。① 巴特勒对"本质—表象"二元关系的解构，仍然在主体场域中展开，只是这一次她解构的对象是主体的解放理论。

在1981年初版的《主体性的黄昏》一书"导论"中，作者弗莱德·R. 多迈尔（Fred R. Dallmayr）② 引用奥特加·伊·加塞特（José Ortega y Gasset）的话写道："假如这个作为现代性根基的主体性观念应该予以取代的话；假如有一种更深刻更确实的观念会使它成为无效的话；那么这将意味着一种新的气候、一个新的时代的开始。"③ 事实上，对"这个作为现代性根基的主体性观念"的反思，远在十八、十九世纪就已然在特定的历史境遇与哲学思想的触动下，在身份/认同政治（identity politics）领域发出了先声。尽管彼时的思考并未深入主体性的内涵，仍基于对主体理性的信仰而停留在对主体外延的打量，但主体解放话语已然开始萌芽。

十七世纪，约翰·洛克提出的自然权利与天赋人权的主张为启蒙运动提供了理论养分，也催生了下一个世纪女性理论家对独立人格的追求。英国女权主义者玛丽·沃斯通克拉夫特（Mary Wollstonecraft）从卢梭对女性履行"贤良"、"贞洁"自然义务的

---

① 邓晓芒. 中西文化视域中真善美的哲思. 哈尔滨：黑龙江人民出版社，2003：335.
② Fred R. Dallmayr，旧译为"弗莱德·R. 多尔迈"，今从新译"弗莱德·R. 多迈尔"。
③ 弗莱德·R. 多尔迈. 主体性的黄昏. 万俊人，朱国钧，吴海针，译. 上海：上海人民出版社，1992：1.

要求出发,将矛头指向了社会——"小说,音乐,诗歌,还有画廊,所有这一切都让女人成为感官的动物,而她们的性格也就在这样愚蠢的模式中形成"①。随后,她通过洛克提出的个体对行为的"负责"(accountability)理论,号召女性挑战社会传统,改变社会化过程,从而使"自我"(selfhood)成为可能。

法国大革命的胜利唤醒了被压迫阶级的自我意识,从欧洲到美洲的废奴运动照亮了曾经因肤色、种族而被剥夺主体性的受压迫者。弗雷德里克·道格拉斯(Frederick Douglass)在《弗雷德里克·道格拉斯的生平故事》(*Narrative of the Life of Frederick Douglass*, 1845)一书中,描述了黑奴在非人生活状态下自我保护与延续生命的努力。杜波伊斯在1903年出版的《黑人的灵魂》(*The Souls of Black Folk*)一书中,发人深省地质问:"成为一个问题,是一种什么样的感受?"② 他敏锐地捕捉到一个人同时作为黑人和美国人的双重生活、双重义务、双重思想带来的主体分裂。研究殖民理论的弗朗茨·法农(Frantz Fanon)对甘蔗园里辛苦劳作的黑人说:"出路只有一条:起来战斗。"唯有通过暴力打碎并改变殖民统治在政治、经济、文化方面强加于被殖民者的社会结构,被殖民者才能找回失去的本质属性。

无论是道格拉斯、杜波伊斯对黑人身份的思考,还是玛丽·沃

---

① Mary Wollstonecraft. *A Vindication of the Rights of Woman*. New York: Norton, 1988: 61.
② W E B Du Bois. *The Souls of Black Folk*. New York: Bantam Books, 1989: 1.

斯通克拉夫特对女性发出的号召,他们对社会不公的质问背后,都站立着对启蒙精神、理性主体的信念——相信主体的能动性必将带来平等与解放。然而,这样的解放话语随着启蒙理性主体的倒塌失去了坚实的理论根基。但"主体之死"的论述并非对主体的全盘否定,其否定的只是笛卡尔所开创的建立在理性主义基础上的完全自足、能动的主体。"主体"范畴并未被拒斥。相反,理论家将理性主体面临的危机视为"人"的机遇,将对他者凝视、话语压抑的揭示视为"颠覆"、"救赎"、"解放"的曙光。他们需要做的是对"主体"进行新的理解和阐释,并在新的主体理论基础上建构新的解放话语理论。

朱迪斯·巴特勒的理论建构首先是对主体重建、解放两条路径的批判——本质主义路径和前话语路径。前者的理论以本质论为基础,认为主体的内在原初本质在话语规范中遭到压抑,解放之路必然在于重新发现并释放主体的内在原初本质。后者则认定权力话语如铁板一块,面对这独白式的规范体系,"颠覆"、"解放"的微弱星光只可能出现在前话语的化外之地。这两条路径都憧憬着同一个"故乡"——原初的、自然的、未被话语污染过的"故乡"。但巴特勒却向我们宣布了它们的失效。在巴特勒看来,"故乡"如同卡夫卡《在法的门前》中门后的律法、《在流放地》中处于完美状态的行刑器具一般,永远回不去了。①

---

① 本书中两篇文章的选段均出自:Franz Kafka. *The Collected Short Stories of Franz Kafka*. Harmondsworth: Penguin, 1988. 若无特别说明,均为笔者翻译。

第一节
虚构的内在原初

一、《在法的门前》：期待的反向建构

《在法的门前》最初出现在卡夫卡的长篇小说《审判》中。小说的开篇，年轻的银行经理约瑟夫·K在自己三十岁生日的早上被逮捕了。差役没有宣布他的罪名，也没有立刻关押他，只命令他在家等候"庭审委员会"的指示。面对没有通知时间的传唤、被搞错身份的初审、看色情书的法官、反复无常的律师，K在努力弄明白归咎于他的罪过的同时，坚称自己的清白。他一遍遍修改陈情书，一次次递交不在场证明，但一切都是徒劳。三十一岁生日的前一天，K在一个采石场被处死。

在《审判》的第九章，卡夫卡通过为法院工作的教堂牧师之

口,讲述了这个题为《在法的门前》的寓言。如寓言的题目所示,故事发生在法的门前。乡下人想进门一睹法的真容,守门人并没有斩钉截铁地拒绝,只是说现在还不是时候。这样的回答给了乡下人希望,面对近在咫尺的法律之门,他决定等待,直到得到允许。日复一日,年复一年。其间,他不断尝试、请求,花光了事前准备的所有东西:第一年他还毫无顾忌地大声咒骂,到最后则只是自言自语地嘟囔两句;即使老眼昏花,他却"清清楚楚看见一道亮光,一道从法律之门迸射出来的不灭亮光"。故事在乡下人弥留之际的提问与守门人的回答中结束:"这么多年来,除了我,没有一个人想求见法,这是怎么回事呢?""这道门任何别的人都不得进入,因为它是专门为你设下的。现在我可得去把它关上了。"

在很多场合——论文、著作、口头采访中[1],巴特勒都提到她对《在法的门前》的评论受到了德里达的启发。在讨论巴特勒的思想前,我们有必要先对德里达的评论稍加总结。德里达曾在名为《在法的门前》的文章中思索了门与法、守门人与乡下人的比喻,并通过寓言的延伸探究了文本与读者、文本与作者之间的关系。他的思索、探究始终围绕着一个词——"延异"(différance)。寓言以推延开端。乡下人试图一窥法貌的请求被守门人以延期(adjournment)的形式加以拒绝。然而,乡下人决定等待,毕竟他

---

[1] Vikki Bell. On speech, race and melancholia: an interview with Judith Butler. *Theory, Culture & Society*, 1999, 16 (2): 163—174.

的请求并没有被拒绝,不过是被"推迟、延期、延缓";而"正是在在场的推延中时间出现"①,在推延中寓言得以继续。在接下来的故事里,"通向法的大门始终是敞开着的",但法始终无从得见。事实上,德里达认为,在一定程度上,《在法的门前》是一个"关于无法得见(inaccessibility)的故事",因为"法是在非知中被生产"②,而且"通过延迟自身而生产"③。

在德里达的分析中,隐而不见的法因非知、推延而得以存在;内在与原初在不断的推延中得以维系,持续在场。如果说德里达看到了法律守护者那句"可能"产生的延异力量,那么巴特勒把目光移向了乡下人,审视他的那份期待。在这样的审视中,因为存有而期待的时间逻辑在巴特勒的理论框架下被颠倒、翻转。如果德里达揭示了内在与原初的不可得见,那么巴特勒将进一步揭示这看似先来、实为后到的内在与原初的虚假人为。

《在法的门前》这篇故事,无论从题目还是从全文的第一句话——"在法的门前,站着一个守门人"来看,寓言中的"法"似乎是具有不证自明、内在原初的合法性存在。乡下人来到这门前,径直"走到守门人跟前,请求守门人让他进法的门里去"。没有人

---

① Jacques Derrida. Before the Law//Acts of Literature. Derek Attridge. New York: Routledge, 1992: 181—210.
② Jacques Derrida. Before the Law//Acts of Literature. Derek Attridge. New York: Routledge, 1992: 181—210.
③ Jacques Derrida. Before the Law//Acts of Literature. Derek Attridge. New York: Routledge, 1992: 181—210.

思考"门里有法吗"、"法是什么",任何对"法"的质疑似乎都是多余而毫无必要的,因为法就在那里。然而,法就在那里吗?在整个寓言故事中,"法"自始至终都隐而未宣,可它的存在却仿佛毋庸置疑。这毋庸置疑的必然存在,让乡下人跋山涉水前来求见;也正是这份必然,让乡下人甘愿为之付出一生的时间去等待。对乡下人而言,事情发展的逻辑在于"法"内在原初的存在赋予了他的求见与等待合理性。然而在巴特勒看来,这样的逻辑顺序是本末倒置的,因为不是对象引发期待,恰恰相反,是"期待召唤它的对象、使之成形"。

"法"的真理性设定需要乡下人的期盼来加以确定。他的"请求"、他的"弯腰探身"、他的"张望"、他"还是再等一等"的决定,无不反向地建构着那个遗失的开端。期待的在场不仅替代了"法"本源性的缺失,甚至建构了关于"法"本质存在之真理性的虚构设定。没有什么先在的原初、内在唤起、激发期待;恰恰相反,正是这份期待"生产了它所期待的现象本身",又狡猾地隐入黑暗,将它的成果装扮为某种本质性的原初先在,然后悠悠然地以后来者的面目出场。[①]

《在法的门前》的故事里,期待不仅生产了"法"的内在原初,更赋予它权威。从乡下人坐在大门前的那一刻开始,"法"就被赋予了真理性的力量。这力量,随着在时间的流逝中乡下人那份越来

---

① 朱迪斯·巴特勒. 性别麻烦:女性主义与身份的颠覆. 宋素凤,译. 上海:上海三联书店,2009:8.

越迫切的期盼之情，也越发壮大、膨胀。在乡下人的世界里，门里的法因其"法"的内在本质而光芒四射。巴特勒的理论逻辑却为这个寓言故事转换了角度——"期待某种权威性意义的揭示，是那个权威所以被赋予、获得建制的方法；期待召唤它的对象、使之成形"[1]。在巴特勒的颠覆下，"法"的内在本质与权威力量成了被建构的虚幻，成了乡下人不断期待与盼望的述行效果。巴特勒这样的思考方式并不止于解构《在法的门前》寓言中乡下人对法之内在本质的期待与对法之权威力量的崇敬，她更试图通过乡下人与法的关系，揭示本质主义主体解放路径的无效性。

二、西蒙娜·德·波伏娃：本质主义的回响

西蒙娜·德·波伏娃（Simone de Beauvoir）基于生理性别与社会性别提出的"第二性"理论，标志着第二次女性主义浪潮的来临。而这一基于身份政治的解放话语，也遭到了巴特勒的挑战。

女性主义理论发轫于对女性所受压迫的历史与现状的理论探索，试图通过话语革命颠覆男性中心主义的话语体系。在这样的反抗与颠覆中，对"女性主体"概念的理论追寻成为女性主义理论的首要任务。换言之，第二次女性主义浪潮倡导的女性主体解放，奠基于对"女性"这一身份范畴的确立和调动，因为只有确立了本体，认识与解放才得以被想象。然而，在《性别麻烦》开篇，巴特

---

[1] 朱迪斯·巴特勒. 性别麻烦：女性主义与身份的颠覆. 宋素凤，译. 上海：上海三联书店，2009：8.

勒颠覆了这被认为理所当然的前因后果，对女性主义理论与女性这一身份范畴间的关系做出了新的阐释——女性主义理论对女性权利与利益的倡导和维护不仅生产了女性主义话语，也生产了"女性主体"、"女性身份"。[1]

波伏娃对生理性别、社会性别的区分正是此等追求的理论表达。在波伏娃的"第二性"理论中，对性别的生理特征及其社会/文化属性的区分被视为女性摆脱从属地位的主体解放事业的重要理论资源。对社会性别建构性的揭示让"生理性别先于社会性别"这一论断成为波伏娃女性理论的当然假设。与社会性别的话语性、文化性不同，生理性别原初而自然；这样的原初与自然被视为女性主体真实、稳定的内在，奠基了性别本体身份不容置疑的基础，成为女性解放想象的起点，因为女性主体解放话语正是对这一本质性性别身份的表达。由此，波伏娃为女性解放描绘的美好愿景是女性改变从属地位，遵从自身意愿，淋漓尽致地在生命中实现内在的独特女性气质。

这样的理论表达似乎充盈着萨特"存在先于本质"的存在主义气质。然而在巴特勒看来，波伏娃主体解放话语的深处却潜伏着本质主义的回响。生理性别的内在原初赋予了女性身份合法性，也同时成了女性主体性的内在原初。当波伏娃写下"放弃女性身份，就

---

[1] 朱迪斯·巴特勒. 性别麻烦：女性主义与身份的颠覆. 宋素凤, 译. 上海：上海三联书店, 2009: 1—2.

是放弃一部分人性",将女性主体解放视为让女性身份显示它的本真意义之时,我们读到了笛卡尔式近现代主体哲学对确定性的追求,看到在这样的追求中,女性被视为实体,在生灭变幻的表象之后被赋予了某种身份本质。

这种本质主义的思考方式把事物视为实体,预设了在变幻的现象之后存在不灭的本质。这样的思考方式回响着笛卡尔式近现代主体哲学对确定性的追求。在"主体之死"的论战中,本质主义成为理论家口诛笔伐的对象,但在寻觅解放之路的过程中,本质主义又成了理论家的武器。理论家取消了现代理性主体作为基础和本源的地位,却并不否认"基础"、"本源"等本质主义概念,甚至试图在对内在、原初的追溯中吹响解放的号角。波伏娃苦苦寻觅"女性"主体的内在本源。在这一身份范畴的确立过程中,她提出的生理性别与社会性别的区分被视为女性主体解放道路上的里程碑式成就。如果社会性别是通过话语和文化构建的,那么生理性别则被视为原初的、自然的存在。这种原初的、自然的生理性别被视为女性主体真实、稳定的内在本质,并被奉为解放的力量源泉。

巴特勒对波伏娃的观点显然有不同的见解。她认为对某种自然、内在、原初的稳定女性主义主体的主张不过是主体概念的基本主义虚构。女性主义者笔下以内在原初为名的主体基础性身份范畴——生理性别、身体、欲望,在巴特勒的理论推演中,无不是以异性恋为预设的认识体制物化的结果,是某种独特的权力形式造成的结果。女性主义者希望通过自然/文化、内在/外在、原初/建构的区分寻找具有"独特的女性气质"的身份主体，却忽视了这样的区分正是性别话语赖以运作的机制。女性身份主体的合法性并不来自生理性别/社会性别的本质区分，而是来自性别得以成形的异性恋话语矩阵。毕竟女性这一范畴只有在异性恋矩阵中才能获得稳定性和一致性，而这样的稳定性与一致性正是对性别身份与性别主体的形塑。巴特勒质问道：这样的物化不是正好与女性主义的目的背道而驰吗？

苦苦追寻那个内在、原初的单一、稳定的女性主义主体的女性主义者，无不成了卡夫卡笔下那个在法的门前等待的乡下人。她们对女性主义必须有一个内在、原初的普遍基础的坚定信念，对建立女性共同屈从经验的急迫，不正如乡下人对法的存在与权威不证自明、不容辩驳的信仰一般吗？巴特勒认为，是乡下人对"法"的期待生产了那个在大门之后散发炫目光辉却又始终无法得见的"法"，同样地，对波伏娃对女性主体的追求，巴特勒也提出了类似的疑惑——"我怀疑对于性别，我们是不是也役于类似的期待，认为性别以一种内在的本质运作，而有朝一日也许会被揭露。这样的期待最后的结果是生产了它所期待的现象本身"[1]。

通过对所谓内在、原初虚假性的揭示，巴特勒对再现/本体的本质主义解放路径的可行性提出了质疑。她认为，那些被我们视为内在或本原的特质，实际上只是某种社会期待的述行效果。因此，

---

[1] 朱迪斯·巴特勒. 性别麻烦：女性主义与身份的颠覆. 宋素凤，译. 上海：上海三联书店，2009：8.

如果继续以再现思维来思考妇女解放的路径，只会不断强化现有话语规范框架对妇女的压迫，当代女性主义必须从根本上重新思考本体论的身份建构，深入"妇女"这一范畴内部，揭示"女性主体"的谱系，勾勒出它如何被生产、继而又被限制的轮廓。

第二节
支离的前话语起源叙事

一、《在流放地》：一个不可叙述的过去

罗伯特·弗格森（Robert Ferguson）在《失控的惩罚》（*Inferno: An Anatomy of American Punishment*）一书中这样写道："1914年，正当每个人都感受到第一次世界大战所带来的恐慌时，卡夫卡完成了他最骇人的故事《在流放地》。"这骇人故事的主角是一架行刑用的机器，但它的功能不仅仅是惩戒，更准确地说是展示惩戒——十二个小时里，在死亡最终到来之前，它将在犯人的身体上刻下对他们的判决。

故事发生在一个黄沙遍野的小山坳里，人物只有三个：旅行家、军官和犯人。犯人是一名勤务兵，理应时刻保持清醒的他却在午夜两点睡着了。不仅如此,当上尉拿来马鞭抽打他时,他不仅拼命反抗,还口出狂言。于是,他被带到了这台机器前,即将接受判决的惩罚。尽管没有审讯,没有辩白,也没有宣判,军官仍认为这一切都是理所当然的,因为他的原则是:一切罪责都不容置疑。显然,军官并不关心犯人究竟犯了什么罪,他唯一关心的是如何向前来观看行刑的旅行家展示这台奇特的机器。

整部小说几乎由军官的独白构成。作为如今岛上最熟悉这台机器的人,同时也是"老司令官遗产的唯一继承人"和"唯一支持者",他急切地向旅行家讲述这台机器的故事。文学评论家们从这个故事中解读出不同的关键词——机器、暴力、刑法、人性。巴特勒则在自己的理论框架下认为,这是"叙述一个无可挽回的过去"①的故事。

随着老司令官的离世,新司令官带来的新秩序意味着机器所代表的旧秩序的失效与非法。军官骄傲地回顾着曾经的光辉岁月,同时也对现任司令官的不支持与敌意感到愤怒——从削减机器的保养经费,到用糖果塞满犯人的肚子,再到故意安排旅行家的参观,现任司令官总是利用一切机会污蔑甚至试图推翻原有的秩序。然而,面对意欲打击旧秩序的司令官,军官决心"要使之对我有利"。他试图通过追溯美好的过去来证明自己所追随的秩序的合法性,并寻找"揭竿而起的潜在资源"。面对第一次来到岛上的旅行家,军官

---

① 朱迪斯・巴特勒. 性别麻烦:女性主义与身份的颠覆. 宋素凤,译. 上海:上海三联书店, 2009:49.

的首要任务是让他信服，信服于这套程序，信服于旧有的秩序。

在巴特勒看来，军官的做法无疑是一个"自我合理化"的过程，也是一切"压抑或宰制性律法"惯用的手段。合理化的关键在于建立一套前因后果明确、按照线性时间发展的自洽逻辑，通过这套逻辑将律法的压抑和宰制伪装为自然而必要的。因此，为了让初次到来的旅行家信服，军官竭尽全力向他展示旧日时光中"完好无缺的理想状态中的机器"，并讲述关于机器起源的故事。他亲力亲为，完成行刑前的检查工作，细致讲解行刑流程，详细介绍机器各个部分的名称、功能和工作原理，摆出"一副准备做最详尽解说的架势"。然而，当他试图通过叙事重现美好过去时，却发现"当叙事试图重述历史，将那个工具尊奉为传统的一个重要部分的时候，叙事一再地迟滞不前"[1]。

军官神采飞扬地讲解着机器的各个部分，但炎热的天气和刺眼的阳光让人难以集中注意力。旅行家心不在焉地听着，对机器本身毫无兴趣，反而被军官偶然提到的判决犯人的形式吸引——尽管这并非军官叙述的重点。军官不得不中断对机器的介绍，回答旅行家关于判决的问题。然而，他还没来得及交代判决的来龙去脉，便开始抱怨现任司令官的失职：当年的司令官总是亲自上阵，而现任司令官不仅逃避责任，还暗中阻挠。突然，军官意识到这样的抱怨只会耽误他解说机器的正事，于是立刻回到旅行家的问题，以不容置

---

[1] 朱迪斯·巴特勒. 性别麻烦：女性主义与身份的颠覆. 宋素凤, 译. 上海：上海三联书店, 2009：49.

疑的语气简要叙述了犯人的罪行始末。交代完案情后，行刑可以开始了，但他发现介绍机器这一最重要的任务尚未完成。他只好"再次把旅行家按到椅子上坐下，回到机器跟前继续讲解……摆出一副准备做最详尽解说的架势"。

然而，计划中的详尽解说一再被迫中断——旅行家突如其来且无关主题的提问，以及那个不懂外语、完全听不懂的犯人的捣乱，都让时间不断被浪费。军官不得不"只拣最重要的说"。当叙述无法顺畅进行时，他试图借助实际操作来弥补，但轮子的嘎嘎作响却让这一本应庄严的场合显得滑稽。最终，伴随着机器的轰隆声，他的讲述以对着旅行家耳朵大声嚷嚷的方式结束。一再停滞不前的叙述零乱而破碎，军官无法呈现那"完好无缺的理想状态下的机器"，只能流连于对机器部分零件和细节操作的描述。这样的叙事让巴特勒质疑："那个器具本身是不能完整地被想象的；它的各个零件不能凑成一个可以想象的整体。"①

当叙述无力呈现那个起源时，军官祭出了老司令官留下的珍贵图样。然而，迷宫般交错的线条铺满整个纸面，不留一点空白，旅行家只能默默咽下了准备客气几句的赞许，因为在军官看来"写得很清楚"、"写得非常高明"的图样，旅行家却"读不了"。无论是连贯讲述的无以为继，还是图样的无法被理解，都在昭示着那个玫瑰色过去的无法被叙述，至少在巴特勒看来，那是无法"以一种单

---

① 朱迪斯·巴特勒. 性别麻烦：女性主义与身份的颠覆. 宋素凤，译. 上海：上海三联书店，2009：49.

数的、权威的陈述来叙述"①，由此而不得不从所谓自然、必然的神坛上跌落。此时的军官只能陷入他那乡愁似的追忆，试图在那追忆中找到摧毁现有秩序的期许。

过去的日子总是美好的。机器被维护在最佳状态，一笔专用的款子，一个堆满零配件的仓库；处决场面气势恢宏，挤满山坳的看热闹的人，盛装出席的司令官和女眷，还有响彻营地的军号声。当一切办法用尽，军官仍然没能让旅行家信服。"那就该是时候啦"，军官自言自语道，他微笑着。明亮的眼睛里"蕴含着某种恳求、某种希望参与的召唤"。随之，他拖下了那已经绑在机器上的犯人，他自己赤身裸体地躺在了"床"上。一场行刑"简直形同凶杀"。军官死了，却没有得到解脱。军官带着对那无法在叙述逻辑中得以重建的旧有秩序合理且必然的信仰，死在了他引以为豪的机器上。

二、茱莉亚·克里斯蒂娃：前话语策略的动员

在《在流放地》的故事中，从那位力图推翻现有秩序、重建旧秩序的军官身上，巴特勒看到了前话语解放路径的策略。前话语解放路径的理论家们，如同流放地的军官一样，试图"从前法律的过去找到一个乌托邦未来的蛛丝马迹，一个颠覆或是揭竿而起的潜在

---

① 朱迪斯·巴特勒. 性别麻烦：女性主义与身份的颠覆. 宋素凤，译. 上海：上海三联书店，2009：49.

资源"①。在这样的解放叙事中，理论家们将解放的可能性放在了话语"之外"、"之前"，仿佛"之外"、"之前"为解放叙事提供了天然的合法性、正当性。

在巴特勒看来，茱莉亚·克里斯蒂娃（Julia Kristeva）的主体解放叙事正是使用了前话语的策略。在《系统与说话主体》（"The System and the Speaking Subject"）一文中，克里斯蒂娃从符号学的角度宣布了主体的死亡。如同神话、仪式、规范、习俗，主体被架构于各种意识形态背后的符号系统与意指法则之中。然而，死亡是新生的序曲。在弗洛伊德无意识理论的基础上，克里斯蒂娃为只能依循其置身的话语规则发声的主体，描绘了一条以符号态（the semiotic）、母性空间和内驱力为关键词的解放之路。

克里斯蒂娃将母性划归为一种前文化的真实。母性身体代表了一种浑然一体的关系，它先于意指本身，是"一个滋养孕育未定型的语言之前的'母性空间'"②。而象征秩序正是通过对母性的拒绝、排斥和压抑而建立的。这种被拒绝、排斥和压抑的对象，在克里斯蒂娃的理论中，借助弗洛伊德的无意识理论被构建为符号态——一个被象征秩序压抑，并由原初的、代表浑然一体的母性身体所承载和展现的语言维度。在这个语言维度里，克里斯蒂娃宣称，母性成

---

① 朱迪斯·巴特勒. 性别麻烦：女性主义与身份的颠覆. 宋素凤, 译. 上海：上海三联书店，2009：49.
② 刘纪蕙. 文化主体的"贱斥"——论克莉丝蒂娃的语言中分裂主体与文化恐惧结构//刘纪蕙. 恐怖的力量. 台北：桂冠图书股份有限公司，2003.

为与象征秩序截然不同的语言意义领域——它"先于"意义，或者出现于意义"之后"①。在这个语言维度里，象征秩序所压抑的原初内驱力——母性内驱力迂回显现，而母性内驱力正是象征秩序之外、父系规范话语之外的化外之地般的存在。

在克里斯蒂娃将符号态建构为文化颠覆、推翻压抑场域的理论推演中，巴特勒发现前者与《在流放地》中的军官怀有同样的渴望。正如军官竭力拼凑那"完好无缺的理想状态中的机器"的美好旧日时光，克里斯蒂娃也试图构建一个以原初的母性空间、前话语的符号态为关键词的故土。军官对往昔的追溯源于对反抗合法性的追索，克里斯蒂娃同样将原初、前话语视为颠覆象征秩序、获得解放的源动力。两者都怀着乡愁竭力描绘一片净土，试图从前话语的化外之地寻找颠覆与反抗的可能性。然而，所谓的"化外之地"是否真能外在于压抑它的文化规范？抑或"这颠覆性的行动究竟是开启了一个意义的领域，还是，它是某种依据自然和'前父系'因果原则运作的生物返古主义（biological archaism）的展现"②？

军官对起源叙事的无力感源于权力的弥散——权力无法作为一个封闭体系的整体存在，而所谓起源叙事本身却依赖于其正试图瓦解的现行律法。同样，巴特勒对克里斯蒂娃所代表的解放路径的质

---

① 朱迪斯·巴特勒. 性别麻烦：女性主义与身份的颠覆. 宋素凤, 译. 上海：上海三联书店, 2009：110.
② 朱迪斯·巴特勒. 性别麻烦：女性主义与身份的颠覆. 宋素凤, 译. 上海：上海三联书店, 2009：119.

疑在于：她所致力颠覆的父系律法，恰恰构成了其解放理论的起点与基础，正是她希望推翻的律法为她的解放理论提供了源动力。

在克里斯蒂娃的主体解放理论中，具有先于语言的本体身份与异质性的母性内驱力构成了文化颠覆的场域，即前话语的力比多经济。然而，巴特勒的分析不仅消解了话语与前话语之间压制与反压制的对立关系，甚至将其逆转为一种相互依赖的共在状态。

一方面，尽管克里斯蒂娃的符号态理论有效揭示了父系律法的局限性，但符号态相对于象征界的屈从地位是一种人为设定，这意味着其理论推演实际上预设了象征界所代表的等级秩序的无可怀疑。当符号态被设定为推动反抗与断裂可能性的理论工具时，它反而成为象征界重申其霸权的又一例证——对前话语反抗原初的追溯，最终产生了与其初衷背道而驰的结果。

另一方面，符号态所对抗的父系律法，恰恰是其合法性的来源。首先，任何关于前话语的理论预设本质上都是当下历史权力话语的产物，而对母性内驱力的前话语建构，却忽视了母性本身同样是一种文化建构的效应。其次，尽管符号态被设想为通过诗性语言重返象征秩序（即被压抑的前话语母性身体得以恢复），但作为母性重返载体的诗性语言，却因母性身体意指同一性的丧失而处于精神错乱的临界点。为了使这种语言得以在象征秩序中展现，克里斯蒂娃转向"艺术"，认为唯有通过"艺术"才能穿越区隔，重返符号态。①

面对这样的理论表述,巴特勒犀利地指出,克里斯蒂娃的"战略任务不是以符号态取代象征秩序,也不是将符号态建立为一个可与之抗衡的文化可能性"②,而是在等待——等待主宰性的象征秩序赋予那些处于分界地带的经验以展现的合法性。换言之,克里斯蒂娃寄予解放厚望的母性与诗性语言,必须依赖父系律法才能获得合法性,必须通过父系律法才能重现。这种在外围等待被表达、被理解、被确认的姿态,恰恰意味着对律法与权力的屈从;而这样的屈从,又反过来合法化了象征秩序的权威,重申了父系律法的霸权地位。

内在原初在场的虚构性,使得乡下人直至生命终结仍无法理解"为什么这许多年来,除了我没有人要求进去";前话语叙事的不可达成,让军官只能在追忆中感慨"要让别人相信那个年月的事是办不到的",并最终献祭自己的生命。巴特勒对两者的解构,从根本上挑战了现象/本质、建构/原初这类二元关系的有效性。对某种绝对的、不变的"本质"或"本源"的追求,被宣判为不可能完成的任务,同时也宣告了"同一"的不可达成。

---

① Julia Kristeva. *Desire in Language: A Semiotic Approach to Literature and Art*. New York: Columbia University Press, 1980: 240.
② 朱迪斯·巴特勒. 性别麻烦:女性主义与身份的颠覆. 宋素凤,译. 上海:上海三联书店,2009:114.

随着"真理"这一原初世界的瓦解,同一性思维模式失去了其合法性根基。当不再有某种"同一"理念等待被还原和表征时,认识便不再仅仅是一种"表象"行为。这不仅从根本上动摇了传统哲学对稳定性、确定性的追求,同时也对传统文学评论的底层逻辑提出了挑战——这种逻辑预设了文本背后存在某种固定的、深层次的含义,而评论家的任务就是透过文本表象来发掘和揭示这种意义。失去了"锚点"的文本,恰似那失去"故乡"的后主体,应该何去何从?

抛弃了本质主义、前话语起源叙事的主体解放路径,巴特勒认为,对于后主体而言,颠覆只能发生在"律法的框架内部"①。巴特勒拒绝以"自然"或"原初"之名,设想一种未曾被污染的理想状态,继而以对这一状态的回归为解放路径;相反,巴特勒将解放的可能性寄望于一个不断变化、向所有可能性开放的未来。

"开放的未来"的可能性,建立在对认识论意义上"表征话语"所主导的静态主体观的拒绝之上。无论是波伏娃的"生理性别"理论,还是克里斯蒂娃的"母性身体"理论,这两种主体解放路径都在不同程度上将身体视为不仅是占据特定场域的静止物质,更将其建构为反抗的场域;她们以这种静态的物质身体为基础,寻求主体被表征的途径。表征意味着被看见、被赋予意义、被理解。然而,经由巴特勒的分析,本质与原初都沦为权力关系的产物而非本源。

---

① 朱迪斯·巴特勒. 性别麻烦:女性主义与身份的颠覆. 宋素凤,译. 上海:上海三联书店,2009:124.

当没有前话语的意义等待被发现,当所有意义都只是在"可理解框架"的显隐之间被建构时,她们的尝试不仅悖论性地依赖于她们试图揭露并颠覆的霸权体系,更在对霸权的征引中,使权力得以不断述行。

"开放的未来"的可能性更在于消解静止的"绝对权力"概念。无论是本质主义的主体解放路径,还是前话语起源叙事的主体解放论述,其根本都延续了二元对立的思维框架。正是这种二元对立的思想秩序,设置了文化与自然、建构与真实、社会与本原的二元对立框架,并将主体回归的可能立足点放置其中加以论述。这种思维惯性进一步导致了关于"律法"和"话语"的单数概念——在本质主义和前话语解放路径的理论体系中,"律法"和"话语"被视为静止、恒定的存在,是某种凝固的权力表现形式。这样的判断恰恰陷入了话语自我自然化与霸权化的陷阱,使得原本旨在反抗的理论演绎,反而为权力话语提供了一个形而上学的运作场域或起因。

舍弃了建基于二元对立框架上的"表征话语",后主体"开放的未来"的可能隐含于实践意义上的"意指"(signification)与"再意指"(resignification)之中。并不存在一个先于"意指"的稳定身体、身份,后主体的解放话语只能是一种关于"意指"如何运作的理论叙述。"意指"尽管总被限定于强制性的轨道内,其对重复性的要求,却为置换、变异创造了机会。

从后主体回到文学评论,文本的"表征"不再被理解为通往某种固定本质的中介,而是被视为一个开放的、动态的意义生成过程的组成部分。在这一视角下,"意指"同样成为文学批评的核心关注点。"物"不再是被动等待表征的现实,而是意指的结果;语言也不再仅仅是再现世界的机制,而是参与了对世界的创造。任何对意义的发掘都将落入权力的陷阱,在"意指"、"再意指"的不断迭代中,才有可能发生置换、引发变化、生成差异。

这就是巴特勒的后主体——同与异、自我与他者、能动与臣服同生共在的后主体。这也构成了巴特勒后主体文艺批评思想的新起点。在这一新起点上,对于主体问题,巴特勒拒绝"主体的敲诈",即那种要么接受主体的自足能动性,要么陷入"权力泥潭"的非此即彼的思维方式。在这一新起点上,对于文艺批评,巴特勒将超越原初同一的理性主体预设,在持续的"意指"中探索后主体的断裂,在同与异、我与他的交错中开创意义。这些意义需要到使后主体成为可能的权力话语实践中去生产,需要到后主体与他者的新型主体间关系中去开创。

第三章 后主体之主体性
——在意指中制造断裂

第三章 后主体之主体性——在意指中制造断裂

在讨论朱迪斯·巴特勒的后主体之主体性前,有必要先勾勒文艺批评实践中主体性话语的基本样貌。文艺批评对主体性的考察通常以身份理论为基础,通过对特定时期或历时性文艺作品的分析,揭示身份主体面临的时代困境、社会建构以及作品中透露出的或悲观迷茫或斗争反抗的主体信念。在此类文艺批评中,性别、种族、性向是批评家讨论的切入点,话语与压迫则是批评家关注的焦点。

1979 年初版的《阁楼上的疯女人:女性作家与 19 世纪文学想象》(*The Madwoman in the Attic: the Woman Writer and the Nineteenth-Century Literary Imagination*,后文简称"《阁楼上的疯女人》")一度被奉为二十世纪女性主义文学批评的经典之作。作者桑德拉·吉尔伯特(Sandra M. Gilbert)与苏珊·古芭(Susan Gubar)以女性主义为立足点,借助精神分析、神话-原型批评的理论工具,对十九世纪维多利亚时代英美女性作家创作的英语文学作品展开了分析。书中认为,蜗居于男性占据和建造的大厦(或茅舍)里,从简·奥斯丁到弗吉尼亚·伍尔夫,身处不同时空的女性作家在作品的主题与想象力上却表现出一致性,形成了与男性作家作品截然不同的女性文学传统。[1] 该书是"对一种普遍的女性冲动"的考察,作者相信正是在这种冲动的推动下,女性作者通过探索属于自己的表达方式,重新定义自我,以逃离社会与文学领域中规范

---

[1] 桑德拉·吉尔伯特,苏珊·古芭. 阁楼上的疯女人:女性作家与 19 世纪文学想象. 杨莉馨,译. 上海:上海人民出版社,2015:29—30.

话语的双重压迫。于是，在这本书中，读者读到了十九世纪英美女性作家的身份焦虑以及她们的颠覆策略；看到了她们文学创作中的一系列重要隐喻：天使与魔鬼、疯狂与驯服、囚禁与逃跑，等等。

理论立足点的变化，必然会引发对文艺文本的不同解读与评论。吉尔伯特与古芭在《简·爱》中读出阁楼上的疯女人——伯莎所代表的女性主体被压抑的激情与愤怒，并将其视为一种被压抑的主体性与生命力。然而，针对同一人物，G. C. 斯皮瓦克（Gayatri Chakravorty Spivak）以后殖民的眼光看到了"帝国主义话语"对他者的态度——伯莎是简·爱的障碍，是后者合法拥有"罗切斯特夫人"这一身份的障碍；而他者则是欧洲帝国主义合法性的障碍。前者只能待在屋子的那一头，在昏暗的屋里游荡；后者只能沦为无法自我言说的"非人类他者"①。必须失去主体性的她/他们，永远无法获得真正的叙事视角。

从以上例证可以看出，在主体性文艺批评实践中，批评家们仍然陷于自由与压迫二元对立的思维框架之中。正是受这种思维惯性的影响，主体要么被视作话语的虚构者、规范的傀儡，要么被视为主观的能动者。但正如前文所述，巴特勒拒绝了这种非此即彼的选择。她沿袭福柯的理论路径，认为权力与主体之间的关系不再是简单的后者单向地向前者让渡自由或前者单向地暴力压制后者的对立

---

① Gayatri Spivak. Three Women's Texts and a Critique of Imperialism. *Critical Inquiry*, 1985, 12 (1): 243—261.

关系，而是呈现出一种多向、动态、"恒久性互相激发"的复杂状态。福柯的非本质主义权力唯有在行动中方能存在，而巴特勒眼中的文学文本则始终保持着"向可能性创新完全开放"的特质。

第一节

《安提戈涅》： 秩序内部的裂隙

抛弃了二元对立的思维惯性和规范话语之静止状态的价值判断，巴特勒以动态、再意指为关键词，为后主体设计了回归之路。首先，巴特勒认为律法、规范、话语是动态的。巴特勒的论证从德里达开始。在对胡塞尔真实与想象的解构中，在对约翰·奥斯汀言语行为的重思中，德里达向我们揭示，构成一切符号的共根不是实在，而是不断重复的踪迹——符号"本源的重复结构"。这种重复结构保证了文字符号的可读性、语言符号的交流性、话语符号的权威性；但同时，这种重复结构也筑造了意义不确定性的迷宫。德里达说："话语自我再现，就是它自己的再现。或者更确切地说，话语就是那自身再现。"① 在重复结构中，没有"本源"，只有重复；前者只能在重复中，并由重复构成。但每一次的再现、重复，都是一次重新占用，一次增补、派生。巴特勒的主体回归路径之一，正是抓住话语的动态重复性，以述行激活再意指。话语的动态性赋予了主体动态性。没有本质的主体，也没有绝对自主能动的主体，不过是不断重复、持续内化的话语实践；主体的生成并非一劳永逸，话语"本源的重复结构"让它不断向干预、意义的改变敞开。

巴特勒为我们勾勒出一条主体回归的路径。在这条路径上，颠覆的点点星光既不诉诸本源，也不回望化外之境，而是通过话语的动态叠复与重演，赋予后主体以能动性。规范的复现绝非亦步亦趋——它所开启的再意指可能性，恰恰揭示了律法与话语的内在动态性：正是这种复现让我们得以宣称，那些选择并支配我们的话语规范永远无法彻底占据我们；它们始终处于持续的意指与再意指中，随时面临被颠覆与逆转的危机。② 巴特勒将后主体回归的可能性牢牢地扎根于话语土壤之中，把看似静态的象征界转化为一个易受颠覆性重复与再意指侵扰的场域。为了揭示话语"重述"造成的差异与裂隙，并展现主体在此裂隙中"戴着枷锁的舞蹈"，巴特勒的第一步工作，便是揭示象征秩序普遍性的虚构。

---

① 雅克·德里达. 声音与现象. 杜小真，译. 北京：商务印书馆，1999：84.
② 朱迪斯·巴特勒. 身体之重：论"性别"的话语界限. 李钧鹏，译. 上海：上海三联书店，2011：115.

一、象征秩序

在拉康的理论体系中，思考永远始于象征秩序中的某一位置。① 事实上，拉康将象征秩序比作一个无所不包的网络，一个人从出生那一刻起直到死后都被包裹其中。它是人出生时的"命运的概略"，成长时的"行动的法则"，以及死后的"最后的审判"。② 象征秩序构成了人类生存的基本秩序，象征界则成为主体得以建构的先在领域。

关于象征秩序与象征界，以能指、大他者、根本他异性、欠缺、不在场、死亡为关键词的理论阐释不胜枚举，这些概念构成了拉康精神分析学的核心。为避免对象征秩序这一重要但为研究者所熟知的概念的赘述，同时也为在后文更清晰地阐明巴特勒的观点，本节将集中于亲属关系与乱伦禁忌这一线索，以先验性与共时性为关键词，勾勒拉康结构主义精神分析学说时期的象征界面貌；而对这一线索及两个关键词的探讨，首先需回到对结构主义的基本理论主张及其奠基性人物的讨论。

伊迪丝·库兹韦尔（Edith Kurzweil）在总结结构主义产生之时代意义的同时，点明了结构主义理论追求的核心是扭转马克思主义和存在主义对社会现实的专注，因为"一切社会现实最终可看成

---

① Bruce Fink. *The Lacanian Subject*. Princeton: Princeton University Press, 1997: 24.
② 拉康. 拉康选集. 褚孝泉，译. 上海: 上海三联书店, 2001: 290.

迄今未发觉的共同心理结构的相互作用"①。"结构"一词的拉丁词源"structura"意为物体各个部分之间联系或关系的总和。结构主义所强调的正是作为部分的要素间的关系，坚信部分、要素的规定性取决于二者的组合关系，取决于结构。结构被视为先验的、无意识的，而结构主义者正致力发掘"全部的无意识结构"，认为"在复杂的人类生活的转动装置中，我们必须找出使我们的整个思想和意志机器开动起来的隐蔽的传动力"②。所以，"结构"，一切事物表象下的深层结构，独立于客观事物，成了人类精神所造就的先验的无意识秩序。

在这样的结构主义理想的推动下，列维－斯特劳斯于1949年完成的博士学位论文《亲属关系的基本结构》指出，亲属关系不再是生物间的自然关系，而被视作一种语言结构，"一种在个人和群体间建立某种沟通方式的一系列过程"③，是社会再生产的首要根基，而乱伦禁忌是这一根基的基点。列维－斯特劳斯认为，任何社会都建立在亲属关系的基础之上。在索绪尔和雅各布森的启发下，他进一步发现了亲属关系与语言的相似之处——二者都与交换有关。在结构主义的视角下，如同音位之于语言体系，父、子、妻、女、兄、弟、姐、妹等角色脱离了纷繁复杂的经验存在，成为符号

---

① 伊迪丝·库兹韦尔. 结构主义时代：从莱维－斯特劳斯到福科. 尹大贻，译. 上海：上海译文出版社，1988：5.
② 恩斯特·卡西尔. 人论. 甘阳，译. 上海：上海译文出版社，1985：87.
③ 列维－斯特劳斯. 结构人类学：第一卷. 张祖建，译. 北京：中国人民大学出版社，2006：58.

体系中占据特定位置的"项"。任何一项的意义并不取决于占据该位置的具体个体，而是取决于它所依存的体系——亲属关系。这一关系结构中最基本的要素是通过婚姻关系在社会生活中形成的一种交换，即女性的交换。在这种交换关系中，乱伦禁忌成为社会秩序的开端。列维-斯特劳斯指出，血族关系本身就是一个系统结构，它将社会全体成员"划分为两个范畴，即可以与之结婚的与不可以与之结婚的"①。基于乱伦禁忌，社会交往与社会关系成为必须。

在结构主义语境中，列维-斯特劳斯将以乱伦禁忌为基石的亲属关系视为一个拥有自身规则与律法的体系；一个井然有序、不容违抗却又悄无声息、不被察觉的体系。在这个体系中所发生的一切不过是符号的交换——个体被符号取代，个体性被替换为符号在结构系统中所占据的位置；任何个体行动都只能在体系内符号间相互关系的背景下获得规定性和意义。推而言之，繁杂多变的社会关系被凝练为深层基础性结构的表现。这一结构源自人类心灵的无意识，具有独立而先验的特性。

二十世纪五十年代，拉康提出了"回到弗洛伊德"的口号。拉康对弗洛伊德的重返是一次结构主义的再造，最终，精神分析学将不再根植于生物学，而"无意识是像语言那样结构起来的"。"象征界"（the Symbolic）这一借自弗洛伊德的词汇，同样被注入了结构

---

① 列维-斯特劳斯. 结构人类学：第一卷. 张祖建，译. 北京：中国人民大学出版社，2006：27—28.

主义的新理解。正是通过列维－斯特劳斯对亲属关系的结构主义阐述，拉康认识到"人类世界应被描述为象征/符号功能"[①]。以这样的认识为指引，拉康所阐释的俄狄浦斯情结不再奠基于对乱伦的天然恐惧，而是源于那套无意识结构律法的象征功能。

继而，通过对索绪尔语言学理论的改造，拉康的无意识也不再是那个与生命中或愉悦或痛苦的个体经验相关的弗洛伊德式无意识，而是"所指从能指下面滑脱"，是他者的、话语的、先验的。"先"意味着"经验之先"，意味着"先决"。象征界以围绕菲勒斯[②]的"先验能指"结构而成的象征秩序作为人类生存的最基本秩序，拥有了对存在无可辩驳的主张，以无所不容的能指之网、无意识之网，以绝对的他性先于任何个体经验而在场。它的先验性意味着象征秩序这一能指的链条、无意识的结构，是一切个体经验的呈现成为可能的先决条件。在人类世界中的一切都是"按照已经出现的符号"来构建的宣言中，个体消失了，取而代之的是这个具有超个体先验性的秩序，一个将个体置换为身处结构系统之中某个位置的秩序。

从以上论述中可以清楚地看到结构主义的科学化冲动，而这样的冲动正是通常被视为结构主义起点的瑞士语言学家索绪尔的信念与追求。在追问什么是"真正的语言科学"的道路上，他对语言/言语的区分确立了现代语言学的研究对象，对共时/历时的区分不

[①] Sean Homer. *Jacques Lacan*. New York: Routledge, 2005: 36.
[②] 菲勒斯，Phallus，指男性生殖器的图腾，亦是父权的隐喻和象征。

仅为语言学,更为结构主义提供了研究方法,并使其成为"绝对的需要"。因为任何对研究对象本身价值系统的思考都必须与"从时间考虑的这同一些价值区分开来"①,而显然,索绪尔关注的是"从本身考虑的价值系统"——共时的语言,并将其视为"真正的、唯一的现实性"。语言事实被视为剥离了时间连续性的一种状态,是排除了过去与演化的静态存在。列维-斯特劳斯同样拒绝了历史。对他而言,乱伦禁忌是没有历史的,也无法被历史化,因为亲属关系强调的是意指功能的各"项"之间现时的结构共时性。通过列维-斯特劳斯接触到索绪尔的拉康深受触动。弗洛伊德已经断言了无意识的无时间性,拉康则进一步推论无意识是通过语言一次性印刻在人类精神中的内在结构,能指领域在"乱伦禁忌"中一举诞生。在共时态的象征秩序中,主体被静止、凝固为位置与功能。

作为希腊戏剧的经典之作,《安提戈涅》②成为众多理论家阐发各自理论观点的分析对象。在这些理论家中,引起巴特勒特别关注的是黑格尔、拉康和露西·伊利格瑞(Luce Irigaray)。三位理论家基于不同的出发点,使安提戈涅在他们的理论体系中呈现出不同的表征(representation):黑格尔将其视为亲缘关系的代表,拉康则把她置于想象界与象征界的交界处,伊利格瑞视之为"反对中央集

---

① 索绪尔. 普通语言学教程. 高名凯,译. 北京:商务印书馆,1991:118.
② 本书中所有《安提戈涅》选段均出自索福克勒斯:《安提戈涅》,见《索福克勒斯悲剧五种:罗念生全集 第三卷》,罗念生译,上海人民出版社,2016.

权和独裁主义的女性代表"①。尽管这些解读表面看来迥然相异，巴特勒却指出，对三者而言，安提戈涅都是一个"化外之地"的存在：她是黑格尔理论中的前政治人物，是拉康象征界的起点，是伊利格瑞笔下母系法则向父系法律的过渡。然而，这种前话语的解读显然不符合巴特勒的理论诉求。鉴于前话语解放路径在其理论体系中已被宣告失效，安提戈涅的后主体身份必然是权力话语的结果。那么，如何使主体性与能动性在律法和秩序内部成为可能？巴特勒的解答始于对秩序神话的拆解。

　　拉康结构主义精神分析学说时期的象征界理论成了巴特勒解构的目标。在巴特勒看来，拉康以结构主义先验立场阐发的先验秩序，不过是一个超个体的普遍性虚构，这个神话将因其被揭示的偶然性而破碎，最终走下神坛，呈现为以述行和复现为基础的历时性话语体系。怀着这样的信念，巴特勒首先从《安提戈涅》中解读出安提戈涅在象征秩序亲缘关系中的困境，继而通过引入述行概念，宣告安提戈涅以行动对亲缘关系的重申；并在这种重申中发现，安提戈涅在话语重复过程中制造的偏离正是其后主体能动性的体现；而这样的重复与偏离也证伪了象征秩序所谓的共时性。通过述行、重申、引用和偏离等过程，拉康所描述的象征秩序与社会性之间的区分被消解，前者所谓先验、共时的普遍性神话被揭示为虚构，取而代之的是一个以偶然性为特征、需要不断征引与述行、在时间进

---

① 朱迪斯·巴特勒. 安提戈涅的诉求：生与死之间的亲缘关系. 王楠，译. 郑州：河南大学出版社，2017：31.

程中向变化敞开的话语体系。

二、成为后主体：从先验到述行

《安提戈涅》是古希腊三大悲剧诗人之一索福克勒斯的作品，与《俄狄浦斯王》《俄狄浦斯在科罗诺斯》并称为"忒拜三部曲"。三部戏剧均围绕俄狄浦斯家族展开。虽然《安提戈涅》在诗人的实际创作中是最先完成的，但从故事情节发展的时间顺序来看，《安提戈涅》是三部曲的终章——故事发生在俄狄浦斯王弑父娶母、客死异乡，其子厄忒俄克勒斯与波吕涅克斯为争夺王位反目成仇的背景之下。戏剧开场即以安提戈涅与伊斯墨涅姐妹的对话交代了剧情：两位哥哥"同一天死在彼此手中"，底比斯城邦的新国王克瑞翁颁布禁令——"不许埋葬或哀悼不幸的死者波吕涅克斯"，以及安提戈涅的决心——"我要对哥哥尽我的义务"。整个戏剧的矛盾冲突清晰地展现在观众面前，克瑞翁与安提戈涅之间的对立关系也一目了然。

无论是以外在伦理还是以欲望伦理作为理论出发点，"从黑格尔到拉康，安提戈涅被认为是亲缘关系的维护者"[①]。然而，从黑格尔到拉康，哲学家们对亲缘关系做出了不同的哲学阐释。黑格尔从政治与前政治的二元对立角度进行解读，拉康则将其置于象征界的理论语境中展开论述。巴特勒指出，当亲缘关系只能在象征界的语

[①] 朱迪斯・巴特勒. 安提戈涅的诉求：生与死之间的亲缘关系. 王楠，译. 郑州：河南大学出版社，2017：53.

言秩序中得以确立和维系时，它就被纯粹化为一种语言结构，进而被视为社会存在的前提性律法关系。这意味着拉康通过将象征秩序提升至社会性之可能条件的地位，将其视为社会存在的先验结构，从而使两者截然区分。象征秩序，如前文所述，在拉康理论中意味着先验、普遍、共时，而社会性则意味着经验、偶然、历史、变化。在这种秩序中，乱伦禁忌是基础性律法，亲缘身份则是其功能之一。社会通过暴力压制形成的亲缘关系得以构建，活生生的个体被无时间性的先验象征秩序中的特定亲缘身份位置取代，成为静态、预先给定的秩序的超定副产品。

然而，在《安提戈涅》中，这种超定性遭遇了挑战——象征秩序中亲缘关系所设定的稳定、静止的身份位置面临危机，这一危机通过安提戈涅的困境得以凸显：在象征界中，安提戈涅应当占据何种位置？巴特勒援引英国学者迪伦·埃文斯（Dylan Evans）的论述，将象征界定义为"在俄狄浦斯情结中用来调节欲望的法则"，而俄狄浦斯情结正是乱伦禁忌的产物。在这样的法则中，亲属关系被抽象为一个个等待被占据的"位置"，每个位置"都有各自的编码"，这些编码通过以禁忌为名的法则运作，从而确保每个位置的唯一性与不可交叉。① 众所周知，俄狄浦斯弑父娶母，安提戈涅正是乱伦的结果。"忒拜三部曲"所有故事的开端都是俄狄浦斯那充满悲剧性的命运。弑父娶母的俄狄浦斯让他的儿女陷入了"亲缘关

---

① 朱迪斯·巴特勒. 安提戈涅的诉求：生与死之间的亲缘关系. 王楠，译. 郑州：河南大学出版社，2017：58.

系的罗网中"——安提戈涅是俄狄浦斯的女儿,也是他的妹妹;波吕涅克斯是安提戈涅的哥哥,也可以是她的侄儿。这样相互交织的矛盾关系,完全违背了象征界的亲属关系法则,既不连贯又不一致。安提戈涅无法占据任何单一确定的位置,而她所占据的多个位置又相互矛盾对立,由此,面对"象征界固化的位置",安提戈涅陷入了表征无能为力、位置模糊不清的困境。然而,正是在先验象征秩序中无处安身、无法被表征的安提戈涅,在巴特勒的解读中将以规范之述行重申亲缘关系,因为"亲缘关系并不仅是安提戈涅所处的一种境况,也是她所实施的一系列事实行为"[1]。这一行为,即贯穿整个戏剧的关键词——葬兄。

在克瑞翁的禁令之下,面对安提戈涅是否愿意和她一起"把尸首抬起来"的质问,伊斯墨涅犹豫了,她反问道:"全城人都不许埋他,你倒要埋他吗?"安提戈涅坚定地予以肯定的回答。当安提戈涅由守兵押上场,并被守兵指控为"就是做这件事的人"时,她没有否认这样的指控,并以天神制定的永恒但不成文的律令为自己辩护。不论是面对伊斯墨涅的担忧,还是面对克瑞翁的强权,安提戈涅一再重申着自己的行动——葬兄。她对伊斯墨涅起誓,"我要到力量用尽了才住手";她公然挑衅克瑞翁,"我承认是我做的,并不否认"。面对这样的不断重申,巴特勒发现了行动逻辑的颠倒。安提戈涅不是因为身为波吕涅克斯的妹妹而承担了"葬兄"的行

---

[1] 朱迪斯·巴特勒. 安提戈涅的诉求:生与死之间的亲缘关系. 王楠,译. 郑州:河南大学出版社,2017:111.

为，恰相反，葬兄的行为即是亲缘关系的行为，是将亲缘关系重申为一个公众丑闻的述行性重复。[1] 这意味着在具有先验普遍性的象征秩序中无处安身的安提戈涅，以葬兄的行为，述行性地建立了亲缘关系。借用戴维·施耐德（David Schneider）的阐释[2]，巴特勒宣布"这不是一种存在的方式，而是一种行为的方式"[3]。

这样的论断在巴特勒的理论推进过程中并不令人陌生。面对性别身份，她做出过类似的宣言，拒绝将"性别"视为一个名词，一个以一系列本质特征为属性的类别，而坚持"性别一直是一种行动，虽然它不是所谓可能先于它存在的主体所行使的一个行动"[4]。于巴特勒而言，身份的认同，不论是性别身份还是亲缘身份，以及随后生成的后主体，都是述行的结果。

述行，这一术语源于约翰·奥斯汀的言语行为理论，此后德里达的阐发解构了该词的逻各斯中心主义、语音中心主义的基石，更让"征引"（citationality）、"重复"成了意义产生的关键词。

德里达以"签名"这一事件为例，揭示了话语的最本质特征——"可重复性"：唯有能够被不断重复、再现和模仿，话语才

---

[1] 朱迪斯·巴特勒. 安提戈涅的诉求：生与死之间的亲缘关系. 王楠，译. 郑州：河南大学出版社，2017：111.
[2] David Schneider. *A Critique of the Study of Kinship*. Ann Arbor: University of Michigan Press, 1984: 131.
[3] 朱迪斯·巴特勒. 安提戈涅的诉求：生与死之间的亲缘关系. 王楠，译. 郑州：河南大学出版社，2017：111.
[4] 朱迪斯·巴特勒. 性别麻烦：女性主义与身份的颠覆. 宋素凤，译. 上海：上海三联书店，2009：34.

能成其为话语。因此，当约翰·奥斯汀将"我宣布你们结为夫妻"这一话语的意义与效力归因于其所在的婚礼语境时，德里达指出，其有效性实则依赖于因其可重复性而具有的可征引性。基于德里达的理论，巴特勒提出了她的述行理论。"述行"不同于任何由主体动机驱动的"行动"，而是"话语生成被宣告之物的重复和征引"[①]的过程。就安提戈涅而言，这里既不存在超定秩序中预设的"亲缘"位置作为支配行动的律法，也不存在基于自我意识的"妹妹"作为行动的理性主体；"亲缘"关系仅通过话语的不断重复而成为规范，"妹妹"这一后主体身份则是"亲缘"话语经由持续征引而规范化后的效果。

与拉康象征秩序的律法不同，巴特勒将秩序理解为社会规范（social norm）。当前者以普遍性、超验性的语言深层结构形式明确而独断地要求一切有章可循时，后者则呈现为历史的、变化的、偶然的存在。在巴特勒的阐释中，规范与可理解性（intelligibility）和承认（acknowledgement）相关。规范界定了哪些内容可以被理解和承认，哪些则不能。简言之，规范是一种尺度，但这种界定、定义和规定并非以整体性、超验的普遍霸权形式存在，而是在时间进程中逐渐建构，并向各种可能性保持开放。这种建构与变化的过程正是"述行"的过程。在巴特勒的理论框架中，既不存在铜墙铁壁般的律法，也不存在一气呵成的铭刻建构，有的只是规范与主体

[①] 朱迪斯·巴特勒. 身体之重：论"性别"的话语界限. 李钧鹏，译. 上海：上海三联书店，2011：2.

之间持续的述行互动。在这个过程中，主体通过臣服获得能动性（尽管以牺牲部分能动性为代价），概念则通过权威的不断积淀最终成为所谓自然合法的规范。在此过程中，无论是主体还是规范都不具有本质性，它们只存在于不断的征引与被征引、重复与被重复的述行实践之中。

在巴特勒的理论阐释中，安提戈涅并非某种先验秩序的超定副产品——既非黑格尔笔下那个肩负家庭伦理义务、维护自然神律的角色，也非拉康描述的站在象征界入口处的死亡欲望之纯粹能指——而是一个具有偶然性的动态社会规范话语体系通过不断重复与征引所产生的述行效果。因此，这位在象征界的亲缘关系秩序中无法被表征的安提戈涅，正是通过对亲缘关系规范的征引与重复，以述行方式建构了自己的亲缘关系。在象征秩序中无法占据任何单一亲缘位置的安提戈涅，唯有通过"述行"才能实现其存在。虽然这种述行既非人文主义式的主体能动性彰显，也非齐泽克所倡导的那种与大他者彻底决裂的纯粹形式化"行动"（act），但通过将话语在重复与征引过程中凝结为社会规范的动态机制加以理论化，最终将解构象征律法秩序所具有的整体性、先验性与稳定性的神话，从而为偏离创造可能。

三、获得后主体性：从述行到偏离

在拉康的理论体系中，具有先验性与共时性特征的普遍象征秩序奠基于父法。巴特勒虽然以"述行"为核心概念，在社会规范与社会性层面为安提戈涅——这位既在象征界的符号体系中遭遇表征困境，又同时揭示了象征秩序局限性的悲剧人物——找到了摆脱困境的可能路径；但她也不得不承认："毫无疑问，父亲的话语是作用于安提戈涅身上的"①。在巴特勒看来，这些话语与那种赋权于菲勒斯、具有先验性、强制性且不容质疑的父系律法存在本质区别，因为规范本质上是一个需要通过持续述行来获取合法性的话语体系，而述行既意味着征引与重复，更蕴含着向变化开放的可能性。

德里达从词源学角度解释了"重复性"（iterability）："iter，可能源于 itara，在梵语中意为 other；因此重复的效果是与他性相联系的重复逻辑的产物。"② 由此，"重复"带来的恰恰是同一（identity）的反面——意义的延异与散播。规范的权威正来自话语一次又一次的重复，但也正是在一次又一次的征引、述行中，话语遭遇了偏离，规范的合法性被视作人为的、偶然的结果。

安提戈涅遭遇的话语从俄狄浦斯的遗训开始。父亲的话语是诅咒，同时也是她"赖以行动的媒介"，在述行中父亲的话语被安提戈涅征引，但这样的征引既是"忠实的转述"，也是"背叛"。在这散播与延异中，话语被"导向意料之外的方向"③。

---

① 朱迪斯·巴特勒. 安提戈涅的诉求：生与死之间的亲缘关系. 王楠，译. 郑州：河南大学出版社，2017：112.
② Jacques Derrida, *Limited Inc*. Jeffrey Mehlman and Samuel Weber trans. Evanston：Northwestern University Press, 1988：7.
③ 朱迪斯·巴特勒. 安提戈涅的诉求：生与死之间的亲缘关系. 王楠，译. 郑州：河南大学出版社，2017：112.

《俄狄浦斯在科罗诺斯》虽成稿于《安提戈涅》之后，但在故事情节上先于后者。剧中，濒死的俄狄浦斯紧紧抱住女儿们，悲叹她们即将失去父亲。他哭诉着："你们从我这里得到的爱，胜过你们从任何人那里得到的；现在你们就要成为孤儿，这样度过你们的一生。"① 这样一段临别哭诉，在巴特勒看来是诅咒，是话语——俄狄浦斯要求安提戈涅的忠诚，要求她忠于从他那里得到的爱。安提戈涅述行了这样的话语，赋予了它权威性，她将孤独终老——"没有听过婚歌，没有上过新床，没有享受过婚姻的幸福或是养育儿女的快乐；我这样孤孤单单，无亲无友，是多么不幸呀，人还活着就到死者的石窟中去"②。然而，这样的述行中隐藏着偏离。

安提戈涅对俄狄浦斯话语的遵从，是对波吕涅克斯毫无掩饰的爱的结果。面对克瑞翁的禁令，明知埋葬波吕涅克斯即意味着死亡，安提戈涅仍选择为她最亲爱的哥哥起个坟墓，并声称即便为此丢了性命也是光荣，终于可以"亲爱的人陪伴着亲爱的人"。在这样的宣言中，安提戈涅对波吕涅克斯的爱直白而坦荡，而这无疑违背了俄狄浦斯要求忠诚的话语。

需要明确的是，这份违背绝非绝对主观能动性的展现，相反，这恰是对俄狄浦斯话语的征引赋予了她后主体性的可能，也赋予了

---

① 索福克勒斯. 索福克勒斯悲剧五种：罗念生全集 第三卷. 罗念生，译. 上海：上海人民出版社，2016：540.
② 索福克勒斯. 安提戈涅//古希腊戏剧选. 罗念生，译. 北京：人民文学出版社，1998：138.

她偏离话语的可能,因为这份违背仍然是遵从的结果,不过这份遵从是"以一种模糊的方式"① 进行的遵从。这样的模糊源于"亲缘"的含糊,而那又是另一个话语述行的效果。俄狄浦斯履行了"弑父娶母"的诅咒/话语,使所有亲人陷入亲缘关系的困境。这样的困境引起了巴特勒的质疑——对安提戈涅而言,俄狄浦斯、波吕涅克斯,"她对这两个人的爱可以分开吗"②?毕竟俄狄浦斯既是父亲也是哥哥!她口中"最珍贵的哥哥"一定是波吕涅克斯吗?正是"亲缘"的含糊性使安提戈涅的偏离成为可能。

"亲缘关系"的含糊性不仅使安提戈涅得以在重述俄狄浦斯的诅咒/话语时实现偏离,更使她能够同时践行两套相互矛盾的话语。俄狄浦斯诅咒波吕涅克斯"死于亲人之手",不得归葬故土,"永远回不到群山环绕的阿尔戈斯";而波吕涅克斯却恳求安提戈涅为其举行葬礼。面对这两个相互矛盾的要求,安提戈涅该如何遵从父亲的话语?巴特勒指出,正是"亲缘关系"固有的含糊性消解了这两个对立诉求之间的矛盾——因为当父亲即是兄长时,波吕涅克斯的诉求恰恰为安提戈涅提供了违背俄狄浦斯意志的正当性依据。毕竟,对深陷亲缘困境的安提戈涅而言,俄狄浦斯弑父娶母的行径意味着,他既是父亲,又是同母异父的兄长。

---

① 朱迪斯·巴特勒. 安提戈涅的诉求:生与死之间的亲缘关系. 王楠,译. 郑州:河南大学出版社,2017:115.
② 朱迪斯·巴特勒. 安提戈涅的诉求:生与死之间的亲缘关系. 王楠,译. 郑州:河南大学出版社,2017:116.

回到俄狄浦斯对安提戈涅的诅咒——她只能在对自己的爱中孤独终老。然而,"亲缘"的含糊性让安提戈涅能够以一种模糊的方式既违背又遵从这一诅咒。所谓违背,是因为她把对父亲的爱转移到了兄长身上,她安葬了波吕涅克斯。而所谓遵从,是因为父亲与兄长在某种意义上是重叠的,她安葬的不仅是兄长,更是父亲。首先,她效仿忒修斯对俄狄浦斯的埋葬,将"兄长"埋在了无人能见的地方;其次,她安葬了"兄长"两次:一次体现在守夜士兵的语言中——后者向克瑞翁报告,看到有人罔顾君令,埋葬了波吕涅克斯;一次是在直面克瑞翁的训责时,她毫无惧色地"拒绝否认是她掩埋的尸体"[①]。这个"两次"在巴特勒看来可以理解为两个兄长——俄狄浦斯和波吕涅克斯。这个"两次"既同时述行了来自俄狄浦斯和波吕涅克斯两者的话语,显示了他们的权威,又同时揭示了两者间的含混不明,从而解构了他们的权威。

安提戈涅遭遇的另一个话语来自克瑞翁。作为一国之君的克瑞翁颁布法令:任何人都不允许埋葬或哀悼波吕涅克斯。安提戈涅违背了这一法令,但如同对俄狄浦斯遗训的违背依赖于对它的遵循,她通过对克瑞翁话语的征引,使试图压迫她、使她屈服的"那套代表国家主权和行为的语言体系"[②] 成了她行为合法性的源泉。

[①] 朱迪斯·巴特勒. 安提戈涅的诉求:生与死之间的亲缘关系. 王楠,译. 郑州:河南大学出版社,2017:41.
[②] 朱迪斯·巴特勒. 安提戈涅的诉求:生与死之间的亲缘关系. 王楠,译. 郑州:河南大学出版社,2017:39.

用约翰·奥斯汀的言语行为理论来审视克瑞翁的话语,可以区分出三个层次。首先,法令(言语)的颁布以字、词、句的方式表达了一个言内行为(iocutionary act)。其次,字面下克瑞翁(说话者)彰显其魄力与权力的意图是言外行为(illocutionary act)。而话语最终对听者所产生的效果,即通过话语而实施的行为被称为言后行为(perlocutionary act)。面对克瑞翁"不许人埋葬,也不许人哀悼,让他的尸体暴露,给鸟和狗吞食,让大家看见他被作践得血肉模糊"的命令,大家都极力否认自己与埋葬、哀悼这一行为有任何微弱的关系。负责看守尸首的守兵们发现尸体被一层细沙掩盖就惊慌失措,互相埋怨,几乎打起来。没人愿意去报告这件事,最终不得不抽签决定。那个不幸抽中签的守兵一路忧虑得无数次停下来,转身往回走。他见到克瑞翁的第一句话不是报告发生的事情,而是为自己撇清干系:"首先,我要向你谈谈我自己:事情不是我做的,我也没有看见做这件事的人。"在这样的否认中,命令这一言内行为拥有了不容违背的力量,并成功地转化为言外行为,产生了威慑效果,引发了言后行为。简而言之,命令话语成功述行。

不同于守卫们的极力否认,安提戈涅拒绝了这种否认。这种拒绝导致了克瑞翁命令的言外行为失效,同时,她的拒绝的言语产生了一个由她所实施的行为(葬兄)。然而,这种导致君王权力中断、赋予自我行动权力的言语行为,必须建立在对那份他者权力的征引的基础之上。

当被责问"承不承认这件事是你做的"时,安提戈涅回答道:

"我说是我做的,并且我不否认它(I say that I did it and I do not deny it)。"巴特勒在这句简短的回答中看到了两层递进的含义。"我说是我做的"——回答了来自权力他者的质问。如同阿尔都塞的询唤理论中路人对警察那声"喂!喂!"的转头,意味着对权力的承认,安提戈涅这句"我说是我做的"同样认同了质问者的权力。但紧接着,她立刻又以对否认的拒绝——"我不否认它"——让这份权力失效,并让自己成了葬兄这一行为的主体。但这一拒绝作为言语行为的合法性前提,恰恰在于一个以禁止形式存在的他者权力。如果没有一个以禁止形式出现的律令,拒绝也就失去了意义。正因为对王权话语的承认,拒绝方可能挪用(appropriate)话语的权力,彰显拒绝者的主体性与能动性,并随之用语言实施对"葬兄"这一行为的占有。如此,又一次述行发生了,但这一次,偏离也发生了。这一述行以对克瑞翁禁令的表面遵从为开端,却以占据一个违逆禁令的行为之后主体位置告终,并由此获得后主体性。

话语,在不断述行中成为规范。在述行中,"话语和行为"交织在一起,通过重复的力量在时间的前进中延伸扩展,而这样的重复"也使得这种规范冒着偏离正轨的风险"[1]。巴特勒以述行带来偏离的可能解构了象征律法的普遍性,将其效果表述为偶然,以此揭

---

[1] 朱迪斯·巴特勒. 安提戈涅的诉求:生与死之间的亲缘关系. 王楠,译. 郑州:河南大学出版社,2017:122—123.

露了象征秩序普遍性神话的虚伪。但她也立刻提醒读者，话语的偶然性、变化性并非意味着自由的唾手可得或者主体能动性的天然正当。毕竟，安提戈涅正是通过遵从法律的行动来反抗法律，通过运用她所对抗的权力准则来实施行动——因为主体只能是话语的主体、权力的主体。正如巴特勒所言，"无疑安提戈涅所获得的依言行事的权力原本属于正常范围内的权力运作，在这个范围内她们只能代表这个权力，而无法拥有权力"[1]；然而，这样的话语与权力是征引的、重复的、述行的，正是这些特质使得偶然性能够穿透普遍性，使不可预知性成为可能，令这些话语与权力始终保持开放性，而非封闭得无懈可击。

---

[1] 朱迪斯·巴特勒. 安提戈涅的诉求：生与死之间的亲缘关系. 王楠，译. 郑州：河南大学出版社，2017：46—47.

第二节
薇拉·凯瑟的小说： 称谓的危机

一、称谓

称谓，通俗而言即指称"名称"。于人而言，最重要的称谓莫过于姓名，其从生至死如影随形。弗洛伊德在《图腾与禁忌》一书中探讨图腾崇拜起源的同时，也提出了关于称谓起源的理论。书中首先引述麦克斯·缪勒（Max Müller）的观点，描述了图腾从种族标记演变为名称，继而成为祖先代称，最终发展为信仰对象的过程。随后，弗洛伊德又援引朱丽斯·皮克勒（Julius Pikler）的论述，指出图腾本质上是一种命名体系，"把社会和个人附上了一个永恒的名称以便于记载"①。

人类学理论中被视为个体与种族、个体与祖先的血统、世系纽带的称谓,在拉康的笔下成了象征秩序最高能指(privileged signifier)"父名"(Name-of-the-Father)的代言。拉康调侃地自问自答道:"出于什么原因我们会把人的残骸放入石穴中？早已制度化的象征秩序使然。象征制度要求一位先生曾在社会秩序中被称为某某的事实必须被铭刻于墓碑之上。"②

后主体的建构过程经历两个阶段:镜像阶段的想象性认同与象征秩序中的象征性认同。拉康将镜像阶段比作一出戏剧,正是在这出戏剧中,破碎身体的整体性幻象得以被生产和建构。在以理想自我为认同参照的外投射过程中,自我在其形象幻象中陷入同语反复的"自我循环"(circuit of the ego)。想象性身份认同具有多元而短暂的特征,自我作为想象的心智产物,作为"一种虚构"而产生,因而不可避免地成为误认的场所。唯有通过称谓,自我的不稳定性才能被符号职能所吸纳或稳定化,使自我得以在象征秩序中完成注册——以自我理想为认同参照,通过对象实现内投射,最终成为真正的主体。

在这一主体建构过程中,称谓以"身份赋授职能"(identity-conferring function)成了主体化的关键之所在,因为"'随着时间

---

① 弗洛伊德. 图腾与禁忌. 文良文化,译. 北京:中央编译出版社,2009:119.
② Jacques Lacan. *The Seminar of Jacques Lacan*, Book 3: *The Psychoses 1955—1956*. New York: W. W. Norton & Co., 1993:96.

的推移',人的主体性的'永久表象……只有通过称谓这一中介才能够被识别'"①。那么,称谓作为语言的一部分,是如何具备了固化虚构、合法化想象的身份赋授职能呢?经过分析,巴特勒发现在这样的维系之中,拉康认为"'称谓'代表'父名',也就是区分性别的律法"②,即父法。在象征界里,父亲成了一个具有象征意义的奠基性能指符号,代表着律法与秩序。父法拥有对身体、欲望的制约性力量;而作为体现父亲象征力量的能指,父名通过禁止、褫夺为身体立法,为欲望立法。在拉康的解读中,自我抛弃对母亲的欲望,身体根据是否"有"菲勒斯或"是"菲勒斯而占据相应的象征位置。身体只能在"是"或"有"菲勒斯的关系中二选一,以获得合法性;欲望只能在"成为"或"拥有"的非此即彼间得到承认。非"是"、非"有"、不"成为"、不"拥有"被禁止,即意味着非法性与不可识别性,这实质上构成了对存在合法性的根本褫夺。

巴特勒指出,并不存在一个先在的身体或欲望等待父法的裁决,"掌控'是'和'有'的角色的'父系律法'"③ 生产并维系了身体与欲望。这一生产方式通过禁制与褫夺实现。父法通过赋予可识别性,借助称谓,生产出能够在象征秩序中占据位置、得到注册

---

① 朱迪斯·巴特勒. 身体之重:论"性别"的话语界限. 李钧鹏,译. 上海:上海三联书店,2011:144.
② 朱迪斯·巴特勒. 身体之重:论"性别"的话语界限. 李钧鹏,译. 上海:上海三联书店,2011:127.
③ 朱迪斯·巴特勒. 身体之重:论"性别"的话语界限. 李钧鹏,译. 上海:上海三联书店,2011:128.

的身体与欲望。当获得可识别性的欲望作为视觉的投射或想象的构成得以维系时,那些不具备可识别性与可理解性的身体与欲望也被同时生产出来,成为可理知性之外的身体和面临乱伦禁制的欲望,进而沦为非存在。巴特勒认为,这些身体与欲望失去了在象征界的立足点,丧失了意义与重要性,只能以空洞的想象形态呈现,成为虚构与幻象。

综上所述,称谓是象征界的一个能指,"它通过性别差异与强制性异性恋秩序对主体进行立法"①,并在身份认同的过程中促使主体化的发生,从而赋予个体合法且持久的身份与主体地位。称谓凝固的时刻,即是身份赋授的时刻,是自我进入象征界成为主体的时刻,也是拉康所说的最终穿戴起异化身份的盔甲的时刻。

这一次,带来异化身份的称谓成为巴特勒后主体解放之路的突破口。称谓——以父之名——通过禁制与褫夺为主体立法,制造出"不可理解"的身体与欲望,履行其"身份赋授职能"。这种以阉割与顺服为手段的制造过程,因父法所宣称的自然性与物质性基础而被视为理所当然。正是这种理所当然性,使得称谓具有了稳定自我认同的功能。

然而,正如前文所述,规范不断再意指的重复性将所谓天然合法性暴露于危机之下。这种重复性揭示了自然性与物质性理论预设中的裂隙,动摇了其完满自足的理论基础。这将引发"象征域的危

---

① 朱迪斯·巴特勒. 身体之重:论"性别"的话语界限. 李钧鹏, 译. 上海:上海三联书店, 2011: 143.

机"——一场关乎主体合法性与可理解性的危机。而这场危机，首先将从打破称谓所依赖的性别、性向与性象的一致性开始，通过"称谓所赋授的形态稳定性的危机"得以揭示。① 在这场危机中，规范的幻象本质将被揭露，为父法奠基的所谓真实、自然的基石终将倾塌。

巴特勒通过对薇拉·凯瑟（Willa Cather）两篇小说的评论，为我们呈现了这样一场危机。作为二十世纪上半叶美国重要的女性作家，凯瑟的创作恰逢美国文化演变的转折时刻。《剑桥指南系列之薇拉·凯瑟》开篇即指出："凯瑟，作为一位出现于美国文化演变转折时刻的作家，其作品的复杂性正是她对所处时代不断变化的历史矩阵的回答。"② 此等复杂性，提供了巴特勒探讨后主体颠覆的可能性。

二、《冷酷的汤米》：指涉危机与父名的僭用

《冷酷的汤米》③ 是 1896 年薇拉·凯瑟担任《家庭月刊》（Home Monthly）执行编辑期间发表于该杂志上的一篇短篇小说。

---

① 朱迪斯·巴特勒. 身体之重：论"性别"的话语界限. 李钧鹏，译. 上海：上海三联书店，2011：128.
② Guy J Reynolds. Willa Cather As Progressive: Politics and The Writer//Marilee Lindemann. The Cambridge Companion to Willa Cather. Cambridge: Cambridge University Press, 2005: 19—34.
③ 本书中《冷酷的汤米》选段均来自：Willa Cather. Tommy, the Unsentimental//Willa Cather's Short Fiction. Athens: Ohio UP, 1984: 473—480. 若无特别注明，均为笔者翻译。

汤米（Tommy）是个女孩，尽管从长相到性格都没有什么女孩子气。她的本名是西奥多西娅（Theodosia）。她的父亲托马斯·雪莉在Southdown开了一家银行，却常年不去上班。事实上，他因怀俄明州的土地生意而常年在外。没办法，汤米开始帮着父亲打理银行的业务。在往来的信函上，她给自己设计的签名是"T.雪莉"（T. Shirley）。久而久之，Southdown的每个人都管她叫汤米。

称谓，作为象征域、父法的投注，在主体建构过程中通过禁止、褫夺、赋授并维系着主体。拉康将这样的功能表述为：将主体铭刻到语言和文化符号秩序中的能指。他写道："主体，正如他是语言的奴隶那样，难道不也是话语的奴隶？从出生之日起，他的位置就以姓名的方式被铭刻在了话语的普遍运动之中。"[1] 在这运动中，姓名所铭刻的第一个主体位置即性别，主体需要领受一个性别角色。在拉康看来，主体必然被铭刻到性别话语中，汤米却以僭用父名的方式将其打破，暴露出铭刻的断裂，陷称谓于指涉的危机。对汤米而言，姓名这一称谓成了不断变动的载体，成为僭用的场域。僭用，成为被权力话语、象征符号抽空内核的后主体在镣铐之下跨出的一个舞步。

小说《冷酷的汤米》以一段对话作为开端。对话双方你一言我一语地推动着对话的进行。对于谈话者，读者只知道其中一人名为汤米。关于"汤米"这一能指的指涉，读者一无所知，但在这场性

---

[1] Jacques Lacan. *The Instance of the Letter in the Unconscious, or Reason Since Freud* // *Ecrits: A Selection*. New York: W. W. Norton & Co., 2002: 140.

属中立的对话中，读者显然会将汤米"假定为一个身处异性恋惯习中的男人"①。这一对性属指涉的预期，在对话结束后立刻被作者推翻——"不用说，汤米不是个男孩，尽管她那锐利的灰色眼睛、宽阔的前额没有一点女孩样子，尽管她长着半大小子那样瘦长的身形。她的真名叫西奥多西娅。在托马斯·雪莉不在银行的这段日子里，她帮着他打理生意和通信，签名为"T. 雪莉"。"汤米·雪莉"，这个签名显然是一个良苦用心的设计。巴特勒追溯了"汤米"这个名称的历史线索，从十六世纪英语中使用的旧俚语"Tom All-Thumbs"（笨手笨脚）、"Tom True-Tongue"（老实巴交），到十九世纪《牛津英语词典》的解释"违反了其天生性别上的优雅性的女人"；至于"雪莉"，巴特勒指出夏洛蒂·勃朗特在1849年的小说《雪莉》中第一次将"雪莉"用作女性的名字。正是这男性化的能指"汤米"指涉了一个占据父亲空缺的女孩，而女性化的"雪莉"却成了家族的父姓。当"汤米·雪莉"这一能指最终被指向一个看起来没有一点女孩样子的女孩，在拉康看来，作为将主体铭刻到性别话语、象征秩序中的能指——姓名，这个应被父法灌注权力的称谓，陷入了指涉的危机。

汤米是个女孩。这样的僭用抽掉了称谓背后的物质性基础。那些基于身体的物质性、用以标识性别的语言学象征的称谓，反而引发了性别形态具象化的危机——在称谓、性属与身体之间，能指与

---

① 朱迪斯·巴特勒. 身体之重：论"性别"的话语界限. 李钧鹏，译. 上海：上海三联书店，2011：147.

所指的稳定指涉关系出现了裂隙。雪莉成了父姓,父名遭遇了女性化,这样的僭用揭示了菲勒斯的非永恒性、可变性和可塑性,"动摇是(being)菲勒斯与有(having)菲勒斯之间的区别,并且在暗示这二者之间并不一定存在着一种非冲突逻辑"①。称谓,这本应凭借父法赋予的权力,在菲勒斯的"是"与"有"之间维系明确区分的恒定指涉系统陷入了危机。

在落空的假定、被推翻的预期表面下,作者精心制造的指涉危机揭示了身体自我虚构的不稳定性。称谓并非某种基于物质自然的表征,而是一种对物质自然预期的倒置。"汤米·雪莉"以投射的方式构筑了身体形态,并凭借它寄生的父法,以禁止规制了身体形态。然而,当陷入指涉危机的"汤米·雪莉"无法通过能指与所指的同一性施行身份的赋授,并借此稳定自我的不稳定性时,姓名在小说中成为"一种禁止、专有与跨性属僭用的处于变动中的载体"②。

在小说中,这样的危机还在加剧。如果主体身份认同是一种位置的占据,那么汤米不仅僭用了父姓,更是对父亲、父法、菲勒斯这一位置的积极僭用。父亲托马斯·雪莉因怀俄明州的土地生意长期在外,这是一个永远空缺的父亲的位置。汤米不仅在往来的业务

---

① 朱迪斯·巴特勒. 身体之重:论"性别"的话语界限. 李钧鹏,译. 上海:上海三联书店,2011:46.
② 朱迪斯·巴特勒. 身体之重:论"性别"的话语界限. 李钧鹏,译. 上海:上海三联书店,2011:148.

信函上占据父亲的空缺，签下"T. 雪莉"的名字；她出众的商业才华、谨慎的性格也让她在银行生意、社交生活上填补了父亲的空缺。凯瑟写道："汤米，无疑拥有商业上的才能。如果她没有这样的才能，事情早就一团糟了。"父亲旧日的生意伙伴们也成了汤米最好的朋友，"他们以汤米为荣，很喜欢她"；而汤米"简直就是他们一伙的"——玩扑克、打台球，她为他们调的鸡尾酒让专业调酒师也甘拜下风。汤米占据并掩盖了父亲的空缺。

汤米不仅积极地僭用父亲的名字、占据并掩盖父亲的空缺，在小说的结尾她再一次实现了占据，这一次她占据的是杰·艾灵顿·哈珀的位置，"又一个永远空缺的父亲的位置"[①]。在 Southdown 时，杰就是个不称职的出纳，"他的父亲买了雪莉银行一半的股票让他当了那里的出纳，但他的工作却是汤米替他干的"。在 Red Willow 另立门户后的一天早上，汤米一直担心的灾祸终于降临在了杰的头上。杰发来一封电报，说他的银行遭到了挤兑，请求汤米和她的父亲说说情，务必在中午前帮帮他。托马斯·雪莉不在家，但这不重要，因为汤米早已占据了父亲的位置。"她放下了手里的账本，转过身看着惊慌失色的杰西卡小姐：'我们当然是他唯一的机会，没有别人会伸手帮他的，只有我们！'"汤米在中午十二点及时赶到了，被波希米亚人的代表团团围住的杰，"衣领已被汗水浸透而松垮着，眼镜也因为沾满了汗水而模糊不清，他的头发湿漉漉

[①] 朱迪斯·巴特勒. 身体之重：论"性别"的话语界限. 李钧鹏，译. 上海：上海三联书店，2011：152.

地挂在额头上,连胡子都在滴汗"。和杰的瘫软无力不同,汤米镇静而坚定,"她静静地走进去,双手紧握"。汤米救了杰的银行,同时也占据了杰的位置,"她径直走到柜台,站在记账员的桌子后,把装着钱的袋子递给杰,然后转向了波希米亚人的代表",这一刻,汤米"同时为她的父亲和杰来签名"[1]。

在汤米对父亲这一位置的积极僭用与占据中,父名的传统被倒置,"男性气质变为从属的、偶然的,且面临着交换"[2]。父名的僭用之下,那些所谓"标识了性别的语言学象征的称谓"不过是对身体自身的不稳定性、性别规范的虚构性的掩盖。在父名的僭用之下,菲勒斯所假定的幻识性投注的规制和化约将被解除;揭示出男性主义"原型"的虚构本质,以及所谓男性"原生性"不过是话语的幻象。对父名的僭用将以父法为基石的称谓,置于指涉的危机中,暗示着象征域里身份认同场域划界的稳定、固有的虚幻。父名的僭用,"为这个空缺的位置重新划界",身体再无法被化约为菲勒斯的理想化投注。

称谓是对父法的征引。唯有不断地被征引,父法方可成为话语,拥有权力;但征引既意味着重现,也意味着增衍。在征引中,称谓面临僭用的可能,以及陷入指涉危机的可能。僭用揭露了象征

---

[1] 朱迪斯·巴特勒. 身体之重:论"性别"的话语界限. 李钧鹏,译. 上海:上海三联书店,2011:149.
[2] 朱迪斯·巴特勒. 身体之重:论"性别"的话语界限. 李钧鹏,译. 上海:上海三联书店,2011:148.

域中静态的、稳固的自我虚构,将其置于颠覆性的再意指的威胁下。在僭用中,由禁止构筑的、被投射的身体形态遭遇撕裂,露出缝隙。在这样的裂隙中,父法、禁止被重构:禁止可能暂时失效,无法生产出顺从父法的身体;身份的可辨识性将受到挑战,不同的可能性得以生长。象征域、父法之下物化的性别身份的"真实",基于此等"真实"建构的"可理知领域",在僭用中暴露了其脆弱的本质。在这样的僭用中,"象征域的或然性""受到了再阐述,这种再阐述松动了看似可理知性之固定边界的虚构基础"[①]。

三、《我的安东尼娅》:禁止的颠覆与欲望的移置

称谓构建了主体,这一构建过程是权力角逐的过程,因为主体化的过程同时是一个区分、禁止剥夺主体权力的过程。最基本的区分和禁止通过"性别化社会定位的强制立法"实现。这样的律法是父法。它在最原始的禁止——乱伦的禁止之前,更有对同性之爱的拒斥。

主体的生成意味着必须进入以称谓为表象的菲勒斯、父法所标记的符号位置。这样,位置的占据同时也意味着牺牲,意味着接受父法的象征性阉割,意味着某些欲望——被禁止的欲望、被遗忘的欲望——的失去。正是在这阉割、失去的情境中,后主体得以生成。然而,如此这般的牺牲情境的设置并非一劳永逸,在后主体持

---

① 朱迪斯·巴特勒. 身体之重:论"性别"的话语界限. 李钧鹏,译. 上海:上海三联书店,2011:129.

续生成的过程中，父法不断被征引、重复，以期规制权力的实体化。在《我的安东尼娅》①中，薇拉·凯瑟则在征引父法、复现禁止的过程中，以欲望的移置实现了禁止的颠覆。复现与颠覆的场域仍然关乎称谓，关乎"叙事者"的称谓。

《我的安东尼娅》是薇拉·凯瑟发表于1918年的一篇长篇小说，这部作品被认为是她最优秀的作品之一。小说中的故事发生在美国西部内布拉斯加州大草原。吉姆·伯登在十岁那年成了孤儿，他坐火车到内布拉斯加州和祖父母一起在牧场生活。在同一列火车上，向内布拉斯加州奔来的还有安东尼娅和她的家人。安东尼娅比吉姆大两岁，是一个波希米亚女孩，她和她的家人从波希米亚移民到这里。吉姆很喜欢安东尼娅，在他的眼中，她就像内布拉斯加州广阔的草原，美丽、坚毅、勇敢、充满生气。后来，吉姆去上学了，而安东尼娅却整日像个男人一样在地里忙活。他们见面的时间越来越少。再后来，吉姆去了黑鹰镇上高中，而安东尼娅也去了镇里的哈林家帮佣。就这样，他们都长大了。当吉姆再次回到农场时，已是二十年后。这时的他，是成功的律师；而她，安东尼娅，是生养了十多个孩子的妈妈。安东尼娅老了，但并没有被任何东西击倒，她仍然充满生气。重聚的他们快乐地回忆着童年的日子，讲述着在成长的这段日子里，他们对彼此有多么重要。

《我的安东尼娅》这部小说有五个章节，但巴特勒关注的却是

---

① 本书中《我的安东尼娅》选段均来自：Willa Cather. *My Antonia*. San Diego: Canterbury Classics, 2018. 若无特别注明，均为笔者翻译。

整个故事之外的"引言",因为她首先关注的问题是:小说标题《我的安东尼娅》中的"我"是谁?在"引言"中,读者看到了两个人物——"我"和吉姆·伯登。"去年夏天是一个酷热的时节,吉姆·伯登和我碰巧同在一列穿越艾奥瓦州的火车上。""他和我是老朋友——我们在内布拉斯加州的同一个小镇长大——更重要的是这一路上我们有那么多话要说。""我们的谈话一直围着一个中心人物打转。那是一个我们俩都早已认识并仰慕的波希米亚女孩。"读到这里,安东尼娅出场了,但显然这是一个"我们的安东尼娅"——"我们"的谈话,"我们"俩都认识、仰慕她。但这样的"我们"如何转变成了"我"?这个"我"是叙述者"我"吗?回答这两个问题的关键,不仅在于辨析小说故事叙事者称谓的主体,更在于厘清欲望的主体。

在《精神现象学》一书中,黑格尔宣称"自我意识就是欲望一般"(self-consciousness in general is desire)。亚历山大·科耶夫(Alexandre Kojève)对其进行了阐释:欲望是对欲望的欲望;为了承认的欲望而进行的斗争,构成了人的历史的全部内容。相比科耶夫对主体性、欲望的满足持有的乐观态度,精神分析学从一开始就表达了悲观的立场。这样的悲观,首先考虑到了欲望面对的压抑。在弗洛伊德的理论中,进入文明的父系社会的代价是压抑欲望——孩童必须认同父亲的形象,压抑或转化恋母情结。拉康同样认为主体化意味着欲望的转换,从想象界对母亲的欲望,到象征界对父法、父名的欲望;只有打破镜像阶段母子一体的幻象,认同父法奠基的象征秩序，主体才得以生成。不论是弗洛伊德理论中被赶入梦境的欲望，还是被拉康视为必须阉割的欲望，那股压抑的力量都是禁止——乱伦的禁止、俄狄浦斯情结的禁止，以父法的名义规制的禁止。

巴特勒对权力的精神世界的分析进一步加深了主体的悲观处境。任何看似先在于权力规范的欲望都早已遭遇了"先发制人的遗失"（preemptive loss），那些"从未存在过"的欲望的缺失，实质上是权力最初的暴力生产机制运作的结果。在禁止恋母欲望的过程中，同性欲望早已被预设于恋母情结中的异性恋规范否定、拒斥，从而成了"遗失的遗失"（never-never）。

《我的安东尼娅》中"我"是谁的问题，正是"谁是欲望主体"的问题。为什么那个"我们俩"早已认识、仰慕的波希米亚女孩变成了单数的"我"的安东尼娅？叙事者的称谓被赋予了谁？谁的欲望被剥夺？谁的欲望被牺牲了？是自我阉割还是被迫放弃？这是父法的又一次胜利吗？

在故事的开端，"我"这一称谓就是混沌的。尽管作为故事的讲述者，"我"的存在仿佛自足自明，但在那理所当然的出场后更多的却是混沌。"我"是谁？叫什么名字？什么性别？当这一切的答案都无从知晓时，"我"的欲望是混沌的，因为欲望向来都与性属、性象有关。

这份混沌在薇拉·凯瑟的小说中别有深意。女性主义传记作家莎朗·奥布莱恩（Sharon O'Brien）梳理了薇拉·凯瑟的生平，认为女同性恋的身份对凯瑟的文学创作有深刻的影响；凯瑟的变装经历被赫敏·李（Hermione Lee）视为"一段不寻常的经历"。由此，薇拉·凯瑟小说中暗涌的跨性属写作、跨性象转化进入了文学评论家的视野。

在混沌的"我"中，巴特勒看到了"我"这一称谓的晦涩，而晦涩的原因，便是欲望遭遇的无法理解与无可表诉的禁止与阉割。这份禁止让"我"无权拥有对安东尼娅的回忆，让"我"必须交出对安东尼娅的感情。对安东尼娅的回忆最初是属于"我们"的。"我们"和安东尼娅在同一个小镇长大；幼时的"我们"都爱慕着安东尼娅；她代表着家乡，是我们关于童年的共同回忆。但很快，叙事者"我"就自动地将自己驱逐出了这个"我们"的范畴。首先，叙事者承认，在当下吉姆比自己更"拥有"安东尼娅，因为后来"我是一直没有再见过她了，可吉姆在离别很多年以后又重新找到了她，并且恢复了那段对他而言弥足珍贵的友情"。接下来，叙事者甚至交出了童年："我告诉他我一直觉得其他人——比如他——比我更了解安东尼娅。"在这段对话中，内布拉斯加州被火车远远地甩在身后。然而，巴特勒看到，这里不仅有地理位置的逐渐退出视野，更有"我"这个叙事者一步步隐去直到无踪。①最终，"我建议说，如果他愿意把记忆中的安东尼娅写成文字，我也愿意"。吉姆犹豫了一下，但很快就坚定了他掌握叙事权的决心——

---

① 朱迪斯·巴特勒. 身体之重：论"性别"的话语界限. 李钧鹏，译. 上海：上海三联书店，2011：137.

"他说：'我一定会直接地去写，会写很多关于我自己的事，因为正是通过自身我了解了她、感受了她。'"

叙事者称谓的彻底交出发生在几个月后。那天，吉姆带着他完成的手稿来到了"我"的公寓，"而'我'不得不承认自己只写了一点点零散的笔记"。"他走到隔壁房间里，在我的书桌前坐下，在卷宗的封面上写下了'安东尼娅'几个字。皱着眉头想了一阵，然后，在前面又加上了两个字，'我的安东尼娅'。"吉姆的手稿，薇拉·凯瑟以第一人称"我"为叙事者的同名小说，在这一刻完成了重叠。也在这一刻，"我"作为一个不断后退的标记，最终在吉姆为自己的手稿命名的那一刻被彻底抹除，消失不见。叙事主体最终转换为吉姆·伯登，一个具有明确男性姓名的男性人物。

吉姆的身份也让叙事者的这种自我消遁有了特殊的意义——"他是西部铁路公司的法律顾问"。在巴特勒的解读中，"吉姆就代表着法律"[①]。当他在那个风雪的夜晚来到叙事者"我"的家时，"他的皮毛大衣下夹着一个律师用的卷宗"，这卷宗里正是他对安东尼娅的那些情感、追忆。当他在"泛着粉红色的卷宗封面"郑重地写下"我的安东尼娅"时，叙事者"我"对这本小说的拥有权也被转移了，转移给了吉姆——一个律法的代表者。同时被转移的还有"我"的回忆、情感与欲望，因为"没有什么我自己的故事，下面的叙述是吉姆的手稿，完全和他当初拿来给我时一样"。

---

① 朱迪斯·巴特勒. 身体之重：论"性别"的话语界限. 李钧鹏，译. 上海：上海三联书店，2011：138.

然而，这并不是一个简单的关于牺牲、压抑、臣服的故事，至少对巴特勒而言不是。巴特勒将"我"的一步步隐没解读为对不可被理解、被表述的欲望的延续。叙述者称谓的移置并没有让"我"完全消失，而是让"我"成了一个理想中的读者。这样一种通过放弃一个称谓而获得的被移置的身份，帮助"我"延续了那份看似被阉割了的欲望，并导致了"异性恋惯习中的非主位化文本断裂"①。

"我"的身份因叙事者称谓的出让而转移。"我"成了叙事的载体——读者，但这是一个通过被移置的身份认同来获取愉悦的理想读者。"我"的愉悦源于"吉姆让我再次看见了她，感到她就在眼前，我旧日对她的感情全部复活了"。吉姆的叙述成全了"我"那被禁止的欲望；不过"我"的欲望对象不再简单的是安东尼娅，而是吉姆所描绘的安东尼娅。这就是巴特勒所称的"促成性移置"（enabling displacement）。"移置"这个词在巴特勒的语境下显然是一个心理分析术语。它首先出现于弗洛伊德的《梦的解析》——做梦的动机在于被压抑的无意识欲望，后者通过移置、凝缩呈现于梦中；其后，弗洛伊德将其列为八种自我防御机制之一——当个体的本能冲动和欲望不能在某种对象上得到满足时，就会转移到另一个更容易得到或威胁更小的对象上，这就是移置。拉康以语言结构来思考移置，同时结合雅各布森有关语言组织的理论，提出移置即换喻——"在《梦的解析》中，'移置'，这个德语术语更贴近我们在

---

① 朱迪斯·巴特勒. 身体之重：论"性别"的话语界限. 李钧鹏，译. 上海：上海三联书店，2011：137.

转喻中看到的意义的转向；在弗洛伊德初次使用它时意指无意识用以挫败监管的最巧妙手段"①。"我"对安东尼娅的欲望，在父法之下是被禁止的，必须被阉割的；而通过移置，被禁止的欲望得以逃脱阉割，被吉姆掩盖；但这不是对欲望的掩盖，而是"掩盖了担负着'我'的欲望的'我'"②。这份掩盖，让"我"得以以新的称谓继续拥有那份被禁止的欲望。

交出叙事权的"我"成了读者，这一被移置的身份不仅让"我"重新拥有了被禁止的欲望、不能表述的愉悦，更增强了小说文本的叙事权威。在拥有"我"这个读者之前，吉姆承认自己时常把对安东尼娅的回忆写下来，但读它们不过是"以此在火车卧车厢里消磨时光"。读者的缺席，让最后那放在卷宗里厚厚的一叠也"只是写下来……它没有任何形式，也没有什么题目"。现在，隐遁的"我"作为读者记录下这些谈话，成为这些故事、回忆、情感的理想化读者。这个读者赋予了吉姆的回忆以合法性、权威性。换言之，这个读者成了吉姆叙事的合法性前提，成了叙事的载体。此时，局势发生了逆转。吉姆，这个占据了"我"的叙事者身份，占据了"我"的回忆、情感与欲望的律法的代表者，"他的叙述现在是一种征引"，是需要"回溯性地在征引者身上获得它的起源与根

---

① Jacques Lacan. The Instance of the Letter in the Unconscious, or Reason Since Freud// *Ecrits: A Selection*. New York: W. W. Norton & Co., 2002: 160.

② 朱迪斯·巴特勒. 身体之重：论"性别"的话语界限. 李钧鹏，译. 上海：上海三联书店，2011：138.

基"的征引。① "我",这个面对父法禁制只能臣服、隐遁的叙述者,"发动了忠诚面具下的颠覆"② ——最终是"吉姆"成了"我"那被牺牲掉的情感和欲望的产物。

在对父系法律的征引中,"我"牺牲了"我"的愉悦与欲望;同样因为征引,这在德里达笔下意味着铭刻差异、距离的征引,"我"得以以隐遁的方式在父法的禁止中保留"我"的欲望。叙事者这一称谓成了在复现父法禁止的同时,"启动并利用了这种禁止,以对其进行可能的重复与颠覆"③ 的场所。

---

① 朱迪斯·巴特勒. 身体之重:论"性别"的话语界限. 李钧鹏,译. 上海:上海三联书店,2011:138.
② 朱迪斯·巴特勒. 身体之重:论"性别"的话语界限. 李钧鹏,译. 上海:上海三联书店,2011:129.
③ 朱迪斯·巴特勒. 身体之重:论"性别"的话语界限. 李钧鹏,译. 上海:上海三联书店,2011:143.

第三节

《保罗的故事》： 凝视的失效

一、凝视

凝视,"是携带着权力运作或者欲望纠结的观看方法"[1]。这样的权力运作不能被简单地解释为：一方拥有权力去"看"因而被确立为观看的主体，成为观看者去观看作为对象的客体；更重要的是，揭示作为对象的客体是如何在凝视下臣服，成为后主体。

对"观看"的推崇可以追溯到古希腊哲学名篇《蒂迈欧篇》中，蒂迈欧断言"诸神最先造的器官是眼睛"[2]；亚里士多德则认

---

[1] 陈榕. 凝视//赵一凡，张中载，李德恩. 西方文论关键词. 北京：外语教学与研究出版社，2006：349.
[2] 柏拉图. 蒂迈欧篇. 谢文郁，译. 上海：上海人民出版社，2005：32.

为，在帮助我们认识世界万物的五官之中，眼睛最为重要①。当存在主义哲学家让－保罗·萨特使用"注视"这一哲学概念，并在《存在与虚无》中专节讨论时，"观看"具有了新的哲学内涵。与强调"观看"作为认知方式的哲学前辈不同，萨特的"注视"首先是存在的方式——"'被别人看见'是'看见—别人'的真理"②。"注视"意味着"我在我的存在中突然被触及"③，这样的触及让"注视"成了主体性塑造的决定性方式，但这样的塑造以异化为代价——"我在他人为我异化了的一个世界中是我是的这个我，因为他人的注视包围了我的存在"④。

萨特以"注视"说明"他人即地狱"，拉康则以"凝视"宣判主体性不过幻象而已。不同于笛卡尔式主体对客体世界的"观看"，拉康的"凝视"概念深受梅洛－庞蒂关于注视"折返性"（reversibility）论述的影响。后者所揭示的"凝视"之先在（pre-existence of the gaze）成为前者"凝视"理论的核心——"我只能从某一点去看，但在我的存在中，我被来自四面八方的目光所打

---

① 亚里士多德. 形而上学. 吴寿彭，译. 北京：商务印书馆，1959：1.
② 让－保罗·萨特. 存在与虚无：修订译本. 陈宣良等，译. 第三版. 北京：生活·读书·新知三联书店，2007：324.
③ 让－保罗·萨特. 存在与虚无：修订译本. 陈宣良等，译. 第三版. 北京：生活·读书·新知三联书店，2007：327.
④ 让－保罗·萨特. 存在与虚无：修订译本. 陈宣良等，译. 第三版. 北京：生活·读书·新知三联书店，2007：328—329.

量"①。首先，先在意味着"凝视""属于事物的一边"②。不是我在看它，而是它在看我。他者的凝视提供了主体的本体论视界。其次，先在意味着"凝视"的无意识性。通过对眼睛与"凝视"的区分，拉康宣称只有当"我是那个被注视的人"这一事实被抹去时，"我"方才拥有了意识；换言之，正因为"凝视"被遮蔽，主体性方才成为可能。这样的意识、主体必定是异化的结果，因为他者的、无意识的"凝视"，通过身份的铭刻，如同一张大网将它的效果——主体——困在其中。"来自外部的凝视决定了我是谁，透过此凝视，我进入光亮。"③

在萨特、拉康无论是存在主义还是精神分析学的本体论论述后，福柯让"凝视"成了规训与权力的共谋。在《规训与惩罚：监狱的诞生》中，通过描绘边沁设想的全景敞视建筑，福柯说"可见性就是一个捕捉器"④。这样的可见，相比目光本身，更重要的是"使他知道自己正在受到观察"，知道在那目光背后站立着"可见的但又无法确知的"权力⑤。由此，"凝视"一词在福柯的理论里是一

---

① 拉康. 论凝视作为小对形//吴琼. 视觉文化的奇观：视觉文化总论. 北京：人民大学出版社，2005：15.
② 陈榕. 凝视//赵一凡，张中载，李德恩. 西方文论关键词. 北京：外语教学与研究出版社，2006：355.
③ Jacques Lacan. Of the Gaze as Objet Petit a //*The Four Fundamental Concepts of Psycho-Analysis*. London: Penguin Books, 1979: 106.
④ 福柯. 规训与惩罚：监狱的诞生. 刘北成，杨远婴，译. 北京：生活·读书·新知三联书店，1999：225.
⑤ 福柯. 规训与惩罚：监狱的诞生. 刘北成，杨远婴，译. 北京：生活·读书·新知三联书店，1999：226.

种关系，一种虚构的关系。说它虚构是因为它是无形的权力关系，但恰恰是这样"一种虚构的关系自动地产生出一种真实的征服"①。

锁孔外的注视、透过百叶窗缝的窥视、沙丁鱼的回望、高耸的瞭望塔，面对凝视——后主体的凝视，主体性、能动性如何可能？

二、拼凑断裂：无法辨读的身体

《保罗的故事》② 是薇拉·凯瑟1905年发表于《麦克卢尔杂志》(McClure's Magazine) 的一篇短篇小说。保罗是生活在匹兹堡的一个高中生，母亲在他出生后不久就去世了，他对父亲除了畏惧和厌恶，几乎没有什么其他感情。于他而言，生活唯一的欢乐来自在匹兹堡音乐大厅当引座员。这天他参加了学校校长、老师都在场的听证会，因为对老师的不敬言行、课堂上目中无人的举止，他将被留校察看一周。但这一切丝毫没有影响保罗的心情，从听证会出来，他立刻去了音乐大厅。那是一份他热爱，并且用心去做的工作——穿上制服，热情地引导观众找到座位，仿佛自己就是这场盛大社交活动的主人。音乐会开场了，结束了工作的他安静地沉浸在音乐声中，享受这美好的时刻。散场后，他尾随着音乐家来到酒店，目送他走进那明亮的旋转门，想象着那里的生活。街道上的风

---

① 福柯. 规训与惩罚：监狱的诞生. 刘北成，杨远婴，译. 北京：生活·读书·新知三联书店，1999：227.
② 本书中《保罗的故事》选段均来自：Willa Cather. *Paul's Case and Other Stories*. New York: Dover Publications, 2011: 34—51. 若无特别注明，均为笔者翻译。

雨把他带回现实。他不得不回家了，回到那个普通的、让他沮丧的中产阶级街区，那个挂着丑陋的装饰品、贴着乔治·华盛顿图片的让他厌恶的房间。

学校里的一切都让保罗感到无法忍受。他绝不能让任何人以为他很看重学校的生活！于是他炫耀手里的签名照片，吹嘘自己与某明星的关系、与音乐家的晚餐，努力证明自己的优越——无论是对同学，或是老师；但这一切只让他越来越被孤立。最终，校长约见了保罗的父亲，而保罗再也不用去上学了。父亲给他找了份工作，糟糕的是，父亲也帮他辞掉了音乐厅的工作。

一段时间后的某一天，保罗像往常一样去银行为公司存一笔钱，但这次他把近一千美元的现金揣进了自己的口袋。带着这笔钱，保罗没有丝毫犹豫地乘通宵列车到了纽约，穿戴着新买的昂贵衣服、帽子、鞋，住进了华道夫酒店。他坐着马车在第五大道上闲逛，一切都赏心悦目——暮色中的马车、戴着羊毛围巾的男孩、每个转角玻璃窗里的鲜花。他坐在餐厅的落地窗旁，听着《蓝色多瑙河》的乐曲，看着高脚杯里香槟酒的气泡，过去的日子变得不真实起来。保罗就这样过了一周，每一天都堪称完美。第八天，他从匹兹堡当地的报纸上得知事情已经败露，父亲还了他偷走的钱，正坐着火车赶往纽约。瘫坐在椅子上，保罗的头深深地埋在手里，要知道，比蹲监狱更可怕的，是回到从前那没有希望、永远得不到救赎的生活。口袋里的钱只剩不到一百美元了，而钱正是那堵墙——那堵屹立在他所憎恶的和他所渴望的一切中间的墙。保罗离开了纽约，但并没有回家。他去了一个小城，沿着铁轨，来到一个小山坡。外套上的康乃馨因为寒冷枯萎了，这让他想到第五大道上那些橱窗后的花最终都会枯萎。尽管它们敢于嘲笑窗外的冬天，但它们也只有一次灿烂的生命。这是一场终将输掉的比赛。当一列火车由远及近，在最恰当的时刻，保罗跳了下去。

小说开始于校长办公室里的一场听证会。留校察看的保罗需要在校长、老师、父亲的面前为自己的不端行为忏悔。毕竟，任何偏离规范的离经叛道都将遭遇正常化的制裁，最终让大家有可能和谐一致①。留校察看作为校方的规训手段，在巴特勒看来不仅悬置了保罗的学生资格，更悬置了他的主体资格。这一悬置不是剥夺，而是暂时性将他置于一个"律法的外在位置"（exteriority to the law）。然而，"外在"绝不意味着逃离，更不隐喻对立。当听证会给予保罗一次在凝视下重新占据主体位置的机会时，律法话语也将再一次被征引、被述行，而这意味着再意指，意味着差异、裂隙的可能。

巴特勒将故事中的叙述者视为他者的象征，正是他/她以巡察的眼神，里外搜寻，成了包围其存在的"凝视"。这份凝视将站在校长办公室里的保罗上下打量，怀有不满却又饱含期待——期待通

---

① 福柯. 规训与惩罚：监狱的诞生. 刘北成，杨远缨，译. 北京：生活·读书·新知三联书店，1999：214.

过凝视"从保罗身上获得某种对过错的忏悔"①。保罗犯了什么样的过错呢？从表面上看，保罗之所以会出现在校长办公室，是因为老师们对他的"控诉"：他不遵纪律，无礼鲁莽，目中无人，近乎歇斯底里的无礼举止。已经停课一周的保罗必须在听证会上表达自己的自责，在凝视中显露自己的悔意。

巴特勒认为，这样的悔意首先应从让身体可被解读开始，因为"主体以身体为代价出现，这种出现，与身体的消失呈相反的关系"②，由此她的剖析也从凝视下的身体开始。知识谱系中的身体应该是可解读的身体。这意味着身体以其整体及统一作为能指，指向明确所指，并在一个差异体系中获得完整、连贯的意义。这样的意义由凝视逼迫而出。凝视决定了"我"的身体是怎样的身体，透过此凝视，"我"的身体进入光亮。然而，在《保罗的故事》里，巴特勒发现了凝视的失效——他者的凝视未能逼迫出一个关于身体完整而连贯的意义，因为作为可解读性前提保障的身体整体性从未出现。

在凝视之下，保罗身体的各个部位以分离拒绝被整体化，拒绝成为任何意义的幻识性投注场域。在叙述者的凝视中，保罗"在他这个年纪算高的，而且瘦，肩膀高挺，胸脯细窄"；"他的眉毛，即

---

① 朱迪斯·巴特勒. 身体之重：论"性别"的话语界限. 李钧鹏, 译. 上海：上海三联书店, 2011：154—159.

② 朱迪斯·巴特勒. 权力的精神生活：服从的理论. 张生, 译. 南京：江苏人民出版社, 2008：86.

使在睡梦中,也会上下跳动";正在读中学的他"脸色苍白,皮肤下细细的蓝色血管隐约可见"。① 在凝视中呈现的身体不是一个整体,只有被拼凑在一起的身体部位,"它们外在于身体,与身体相隔离";没有中心,各部位彼此分离,只是一堆"没有头绪的意指"。② 这是一个无法解读、无法被注入意义的拼凑起来的身体,一个拒绝在凝视下被辨读的身体。当身体因零散而无法被辨读,无法被注入意义时,凝视在保罗的身体上暂时失效。

如果身体本身无法被辨读,那么在凝视下,保罗的着装、举止能否为身体提供可供想象的整体性意义呢?令叙述者失望的是,他穿的衣服不合身,戴的配饰也不合适,他的举止与身体更不匹配——在巴特勒看来,这样的不匹配首先是对一般意义上的连贯性的拒绝。从着装上看,站在校长办公室里的保罗,相对于那细窄的胸脯、又高又瘦的身体,"他的衣服有点大了";相对于被留校察看的窘迫境地,保罗举止"得体且面带微笑"。衣着与身体的不连贯,举止与身体所处境地的不连贯,继续强化着能指、所指逻辑对应的断裂。其次,这样的不匹配也在质疑何为与身体匹配的着装、举止?叙述者在期待怎样的匹配,期待传达何种连贯的信息?当身体最终呈现为一堆七零八落的部位的集合,它所带来的后果不仅是浮

---

① Willa Cather. *Paul's Case and Other Stories*. New York: Dover Publications, 2011: 34—51.
② 朱迪斯·巴特勒. 身体之重:论"性别"的话语界限. 李钧鹏,译. 上海:上海三联书店,2011: 158.

动、零散的能指符号无法拼凑出一个有意义的整体，更是质疑了那所谓具有一致连贯性的表意链条。在断裂中，连贯的天然合法性受到了挑战。矛盾多义、模糊费解，非逻辑性、非连续性意符被显露，并被看见。

当身体以零散拒绝整体，当着装、举止以断裂拒绝连贯，凝视那最终辨读"保罗"的期待落空了。面对凝视的失效，我们不禁追问：能否将如此断裂零散、无法被注入意义的身体视为保罗后主体能动性的表现？如果是能动性，这是一种怎样的能动性？早已宣判理性主体丧失合法性的巴特勒，以"矛盾修辞"阐释了后主体的能动性。处于凝视之下的保罗的身体是矛盾的，它"既是主动的，又是被动的"；彼此分离的身体部位对管制性规范的拒绝是矛盾的，它们既快乐又焦虑[①]。在巴特勒的解读中，保罗绝非一个穿越社会规范、律法话语的形象。面对凝视，保罗的策略性姿态是"基于律法而形成的"[②]；他试图逃离，但又唯有进入律法内部，唯有遵从，方能得到逃离的机会。比如保罗眼神中那歇斯底里的光辉，当对女性而言"见怪不怪"的歇斯底里被一个男孩征引时，它便具有了冒犯性。此时的"歇斯底里"成了一个能指，却又不同于"无意识的意符"（signifier of the unconscious），而是"一种含有'意愿'（will）

[①] 朱迪斯·巴特勒. 身体之重：论"性别"的话语界限. 李钧鹏，译. 上海：上海三联书店，2011：158.
[②] 朱迪斯·巴特勒. 身体之重：论"性别"的话语界限. 李钧鹏，译. 上海：上海三联书店，2011：158.

的歇斯底里",因为它是怀有特定意愿的征引。这样的征引让"歇斯底里"这一能指脱离了它惯常的语境,强化了保罗对连贯、完整的拒绝,如同这一被征引的能指成为一个无法被锚定,只能不断漂移的能指。再比如他的微笑,"(在整个庭审过程中)他都面带微笑"。微笑"以遵从律法的'有礼貌'的惯习的面目出现",然而当凯瑟描述"比他大的男孩在这样的煎熬中早就忍不住抹眼泪了,可他那固定的微笑一刻也没有消失过"时,保罗的微笑同样在这样的征引中跳出了原有的语境,成了对规范的背离。

"意愿","挑战",此等字眼必定让我们质疑巴特勒理论立场的矛盾——一方面否认前话语主体的可能性,另一方面却以后主体能动性建构解放话语。这里首先要澄清的是,巴特勒的后主体绝不是一个呆板、被动、行尸走肉般的主体,它同样具有能动性。然而,这样的能动性绝不是建立在"我思""为万物立法"之上;而是蕴含于在服从中被不断重复建构、形成的后主体之中。巴特勒意味深长地使用了"形成"(form)一词,并强调"从一开始起,我们就必须区分这样的'形成'(forming)与'造成'(causing)或'决定'(determining)是如何相异的"[1]。"形成"意味着后主体不是单向的话语构成,不是一个在瞬间生产出的总体,而是一个在话语间多向作用,在时间中以重复的方式不断延展的过程。重复、反复的过程性为后主体的能动性提供了可能,每一次重复带来的差异、

---

[1] 朱迪斯·巴特勒. 权力的精神生活:服从的理论. 张生,译. 南京:江苏人民出版社,2008:80.

延异"没有巩固那个解离的一致性,即主体,而是增生扩散了那种破坏规范化的力量的效果"①。

巴特勒的后主体具有能动性,但这是话语内部的能动性,社会建构是它的"必要场景"(necessary scene);这样的能动性没有战无不胜的光芒,一如保罗的挑战以死亡收场。尽管最终保罗输掉了这场面对训诫的抗争,但在最后的时刻,他的身体仍然坚定地拒绝整体、连贯,拒绝被解读,虽然这样的拒绝在焦虑之下显得被动——"看着向他冲来的火车头,他站在那里,牙齿打颤,嘴唇在惊恐的微笑中和牙齿分开;他朝旁边紧张地扫视了一两下,好像他在被人观看似的"②。

三、迫出边界:不可化约的身份

在校长办公室的小小法庭上,审问者控诉保罗对老师的无礼与藐视,叙述者的凝视饱含对悔过自新的期待。巴特勒继而将控诉、期待进一步推进,凝视对身体整体性的要求、对连贯意义的期待,更是一种福柯所揭示为希望"个体成为可描述、可分析的对象",并"在一个比较体系中通过整体现象的衡量、群体描述、特点概

---

① 朱迪斯·巴特勒. 权力的精神生活:服从的理论. 张生,译. 南京:江苏人民出版社,2008:87.
② Willa Cather. *Paul's Case and Other Stories*. New York: Dover Publications, 2011: 34—51.

括、差别计算最终将其归类于一个特定的'种群'"① 的期待；简而言之，那是一种对可辨识身份的期待。饱含此等期待，凝视下的身体被要求展现同一，并因此同一自然地获得身份。

同一、身份意味着范畴、命名、术语、分类，而它们正是主体坚持自己存在的方式——在凝视之中，权力与知识共谋，以真理、自然之名"展现出被视为客体者的主体化，以及被视为主体者的客体化"②；唯有在这些外在的范畴、概念、术语中，主体才能发现自己、认识自己。具体到保罗的故事，凝视是对保罗身体的凝视，期待则是对保罗身份的期待，因为身体理应是身份的自然基石；反之，后主体正是通过建立在身体自然性上的"身份"而得以形成。在概念的海洋中，身体被"阐明"，但同时也被置换、被替代——如福柯所言，"灵魂是身体的牢狱"。

身份的化约，在巴特勒看来标志着社会性中的一种最初的和开创性的异化③，因为开创同时意味着排除，意味着生产外部，这正是任何真理体制都包含的必要的、基础性的暴力。话语依靠暴力建构了合法、可言说，同时也建构了外在——禁忌与不可言说。留校察看的保罗，拒绝可读性的保罗的身体，碎片式的、断裂的身体，

---

① Michel Foucault. Governmentality//*The Foucault effect: Studies in Governmentality*. Chicago: University of Chicago Press, 1991: 87—104.
② Michel Foucault. Nietzsche, Genealogy, History//*Language, Counter-Memory, Practice: Selected Essays and Interview*. New York: Cornell University Press, 1980: 139—164.
③ 朱迪斯·巴特勒. 权力的精神生活：服从的理论. 张生，译. 南京：江苏人民出版社，2008: 21.

也拒绝了身份的化约，由此迫出了话语的界限。为了说明这种不可化约，我们将再次走向《保罗的故事》之内在的外在——作者薇拉·凯瑟。

《剑桥指南系列之薇拉·凯瑟》中记录了这样一件逸事。薇拉·凯瑟的作品曾在 2002 年 9 月入选当时美国第一夫人劳拉·布什在白宫举办的美国西部女性文学作品研讨会。《纽约时报》批评劳拉正在白宫静悄悄地建造"一间自己的文学房间"，她回应道，"美国文学中没有政治"。这句话显然不适用于凯瑟的作品。事实上，在二十世纪七十年代，女性主义文学批评就已经将凯瑟的作品带入了政治的语境——对性别的关注以及对她在女性文学传统中地位的关注，揭示了一个更加活跃的凯瑟。她塑造的先锋女性形象穿上了男人的衣服，从事着那些历来被视为具有"男性气概"的体力、脑力工作，向传统发起了挑战。[1] 到了二十世纪九十年代，文化研究和酷儿理论研究更让凯瑟抵达了当代批评的最前沿，究其原因，正是凯瑟小说在对自我身份、认同的探索中一次又一次地展现出"同一"与"差异"之间的张力。

这样的张力首先从凯瑟的女性作家身份和男性化叙事方式开始。众多的研究者、理论家对凯瑟、凯瑟的作品做出了分析评论，他们都注意到了凯瑟小说中采用男性化叙事者或男性化主角这一现象，却对此做出了不同的解释。通过对凯瑟小说《教授的房间》的

---

[1] Marilee Lindemann. *The Cambridge Companion to Willa Cather*. Cambridge：Cambridge University Press，2005：3.

分析，伊夫·塞奇威克（Eve Sedgwick）提出，凯瑟的小说呈现出两种"交叉转化"（cross-translation）：一种是跨性属转化，另一种为跨性象转化。而这样的转化正折射出在凯瑟所处的时代背景下，女同性恋面临的禁制和压抑。

塞奇威克的论述已经进入了权力、身份、主体的场域，然而，巴特勒并不同意他对先在于合法化历史话语（legitimating historical discourse）的所谓身份真相的假定。塞奇威克笔下压制性的权力，在巴特勒的理论视野中更是生产性的权力；自然、真理是它的产物，禁忌、非法同样是它生产的效果。没有塞奇威克笔下先于表征话语的"非历史的"（ahistorical）身份，"禁止正是其构成与交换的场所"[①]。基于以上理论立场，巴特勒反其道行之。塞奇威克认为，压制性权力话语不断损害、降低凯瑟的书写中人物身份的可辨识性，人物身份的模糊是凯瑟不得已的妥协；巴特勒却宣称凯瑟小说中的角色塑造不是妥协，而是"对可辨识性的持续挑战"[②]。

凝视要求身体占据话语所制造的同一性的身份，成为具有同一性的主体。同一遮蔽了生产与排斥的相互结构、相依存在；同一将话语的效果（合法化的、非法化的）统统伪装成它的前提，为自己穿上自然、真实的外衣。在巴特勒的理论体系中，凯瑟的使命正是

[①] 朱迪斯·巴特勒. 身体之重：论"性别"的话语界限. 李钧鹏，译. 上海：上海三联书店，2011：135.
[②] 朱迪斯·巴特勒. 身体之重：论"性别"的话语界限. 李钧鹏，译. 上海：上海三联书店，2011：135.

以处于凝视之下保罗不可化约的身份，迫出同一性话语的界限。

"界限"在被"穿越"前是不可见的，"越界"让界限得以被看见。权力话语以同一为手段，生产了一切可述、可视之物，唯有可述、可视方能成为主体；但同时，权力话语也生产了晦暗与沉默——不可解读的身体、不可化约的身份，这些同样是权力话语的效果。以同一为名的范畴、命名、术语、分类让在场成为"所是"，让身体被抽取为身份；而差异意味着身体的不可表征，意味着身份的缺席，意味着赤裸的空无。缺席即无所是，即非存在；而越界，迫出这"缺席的空间"，揭示界限——一根横亘于可见与不可见、可述与沉默之间的抽象之线——无形的永恒在场。

巴特勒看到保罗的身体在凝视下对完整、连贯的拒绝，并将保罗解读为一个对身份规范的越界形象，更将保罗这一越界形象解读为凯瑟通过文学语言进行的越界。然而，巴特勒也指出"这种'穿越'（across）不应该被解读为'超越'（beyond）"①。越界呈现的绝非在界限内外的穿梭，因为界限本就是一种"致使缺席之缺席"的绝对虚构。面对凝视，保罗对身份的超越，或凯瑟对身份的超越，是以身体的不可解读、身份的不可化约迫出界限，而这条界限曾经是隐形的，不可见的。保罗的越界、凯瑟的越界一如福柯所言

---

① 朱迪斯·巴特勒. 身体之重：论"性别"的话语界限. 李钧鹏, 译. 上海：上海三联书店, 2011：156.

的闪电，与界限彼此成就、相互依赖。① 黑暗因闪电瞬间的光亮得以被命名为黑暗，界限也因越界而被标记为界限；闪电因夜的漆黑而明亮，正是因为界限的存在，越界的穿透力方得以显现。尽管在闪电之后，一切又被黑暗淹没，但那明亮的瞬间证实了黑暗的存在，迫出了黑暗的界限。在那片刻的差异中，"确保主体与自我和世界维持联系的一切范畴统统遭到击破"②。

站在校长办公室，面对充满期待的凝视，保罗那分裂成部分的身体，以"遵从律法"的面目出现③的举止，"占据律法缓冲区，既不遵从，也不违抗"④的沉默，让"管制性凝视"在这一刻失效，无力控制它所试图规制的身体，更无力逼迫出任何身份的同一。这只是权力关系网络上一个偶然的时刻，但在这一时刻保罗实现了越界，凯瑟实现了越界——他和她以疏离、晦暗的存有"将界限带往其存有的界限"，迫使权力话语暴露出它的边界。尽管片刻苏醒后界限又将陷入黑夜，但此时的黑暗已不同于彼时的黑夜。

从表征到意指，解放话语的转换是巴特勒后主体理论关于后主体能动性理论阐发的核心理念。在巴特勒的文艺批评实践中，这样

---

① Michel Foucault. Preface to Transgression//*Language*, *Counter-Memory*, *Practice: Selected Essays and Interview*. New York: Cornell University Press, 1980: 35.
② 哈贝马斯. 现代性的哲学话语. 曹卫东等，译. 南京：译林出版社，2004：249.
③ 朱迪斯·巴特勒. 身体之重：论"性别"的话语界限. 李钧鹏，译. 上海：上海三联书店，2011：158.
④ 朱迪斯·巴特勒. 身体之重：论"性别"的话语界限. 李钧鹏，译. 上海：上海三联书店，2011：159.

的理念体现为对文学作品独特的分析视角——对"我是谁"的追问。在传统文学评论中被视为理所当然的人物从来不需要为自己的存在进行合法性辩护。他/她所处的环境、所在的地位、所背负的称谓，还有他/她的身体、欲望，被视为一个共时空间中的同一，彼此互为基础，互相表征。在黑格尔对《安提戈涅》的解读中，克瑞翁因其底比斯城邦国王的身份，代表了国家的威严，他颁布的命令因其国王的身份而具有无上的权威，他是政治权力的表征，是国家伦理的代表；安提戈涅则是子女，是姐妹，并因这样的身份成为家族神律的维护者。被视作十九世纪末美国西部移民拓荒生活的赞美诗篇的《我的安东尼娅》，无论是从生态角度还是从美国文化建构的角度，抑或是从女性主义的角度来看，安东尼娅都因其波希米亚的种族身份，成了美国西部移民的表征；因其女性的性别身份而成为"大地之女"，代表着女性的勇气与力量。占据着家族神律维护者的主体位置，具有"大地之女"的主体能动性，这些人物均因其作为"我思"的自足、同一而无须自证，清晰自明。

当作为表征话语合法性的本原基础被解构为虚幻时，表征者没有了被表征者这一原初存在，这正如符号失去了它的所指对象，自然、真理不再是为表征背书的凝固本源。在巴特勒的文艺批评中，文学作品的叙述者或人物都不是具有本质意义的能指，而是处于不断意指的过程。意指过程是能指生产意义、把握意义的过程，是符号化的过程，安提戈涅在葬兄这一行动中获得身份，汤米在对父姓的僭用中占据了父亲的空缺；意指更是创造差异的过程，保罗碎片化的身体和不连贯的举止、着装成了规范的溢出,在叙述者这一称谓的移置中,"我"延续了被阉割的情感。

在对后主体可能性的理论探索中,巴特勒拒绝了人作为虚构的内在原初、支离破碎的前话语起源叙事,试图在权力话语内部通过不断的意指、再意指打开"后主体"能动性之可能,因为"能动性或真实是不可能外在于给予这些词语它们现有的可理解性的话语实践的。我们面临的任务不在于是否要重复,而在于要如何重复,或者确切地说,是去重复"①。

"去重复"的召唤洋溢着尼采"行动就是一切"的乐观。然而,尽管在后主体理论中,巴特勒明确地将能动性之可能扎根于借精神分析学揭示的后主体之忧郁、通过解构主义重新阐释的话语之述行,但她的后主体文艺批评并没有充分讨论那些被压抑、拒斥的在"边界"的游荡。在巴特勒的文艺批评中,当意指(而不是表征)被推向前台时,她的论述更聚焦于揭示话语自身如何赋予意指创造差异的功能,而没有以清晰的论述打消读者心中对意指背后那个"行动的主体"的疑虑。在《安提戈涅》中,巴特勒指出,正是在征引父亲以及国王的话语的同时,安提戈涅获得了主体地位,但她却没有解释这样的征引为何发生在安提戈涅而不是伊斯墨涅(另一个同样陷入先验象征秩序、无处安身、无法被表征的人物)身上。暂时处于"律法的外在位置"的保罗,在巴特勒看来正以身体的零

---

① 朱迪斯·巴特勒. 性别麻烦:女性主义与身份的颠覆. 宋素凤,译. 上海:上海三联书店,2009:193.

散、断裂拒绝被物质化,拒绝被化约为一个具有本质性的身份,但却没有解释拒绝向凝视臣服的保罗,是如何具备了必须以臣服为前提的能动性。

话语对重复、征引的内在要求,提供了偏离、断裂发生的条件,但如何在没有"行动的主体"的前提下实现偏离,仍然是一个需要进一步阐释的问题。巴特勒的后主体理论,将那只看不见的手阐释为被"忧郁地吸纳"的"内在的外在",但她的理论却没有为这样的他性,最终如何成为后主体的抵抗基础,提供明确的能动机制。

第四章 后主体之主体间性
——基于关联性的伦理

伦理，常被简化为道德上的对错评判，而道德哲学的传统即是为人类寻找引导生活的普遍道德法则。理查德·泰勒（Richard Tylor）将其归咎于宗教，认为"尽管对于包括哲学家在内的大多数人而言，思想已将不再被宗教信仰支配，但我们的整个文化仍然在宗教所建立的框架内看待伦理。我们依然视行动与决策为基本的伦理问题，而又将这些问题简化为道德正当性或是否被允许"[1]。

伦理学的核心是道德，是人们行为的规范准则，因而传统伦理学关心的基本问题即：我们做了什么？我们应当做什么？对与错、是与否、正当与不正当的区分意味着道德评判（judgment），而评判必然需要根据。表面看来，探讨"何种行为是正确的、好的、善的、是必须的"伦理学问题的深处，是关于"道德评判的原则何在"[2]的提问。这样的根据对前现代古典主体而言是上帝之言——等待上帝判决的个体，被抛入了一个静态的、恒定的道德体系。理性的、自由的加冕宣告了现代主体的诞生，也宣布了道德评判根据的转变。现代理性主体观让学者们相信，人绝不仅仅是被抛入某个先定的道德框架，而是通过行使理性，自由参与到道德框架的创建之中。约翰·泰尔斯（Johan Taels）在《伦理与主体性：一个反转的视角》（*Ethics and Subjectivity: A Reversal of Perspective*）一书中提出，现代理性主体信念为伦理理论的展开，提供了狭义与广

---

[1] Richard Taylor. *Ethics, Faith, and Reason*. New Jersey: Prentice-Hall, Inc., 1985: 5.
[2] Leroy S Rounder. *Foundations of Ethics*. London: University of Notre Dame Press, 1983: 38.

义两条路径——前者具有形式主义与普遍主义的特点；后者则着眼于主体此时此地的当下具体处境。但无论是推崇孤独主体的康德，还是强调主体间性的哈贝马斯；无论是尼采的强力意志，还是萨特的存在主义立场，都"将自我放在了道德世界的中心，强调主体的理性、自由和能动"[①]。无论是形式的、普遍的道德框架，还是具体的、日常的道德规范，现代以来的伦理话语都不再是去发现某个先验的、神所赋予的道德体系，而是赋权于理性、自由、能动的现代理性主体，使其去建构、去设计。启蒙之光所开启的现代哲学，将因理性而自主的理性主体推到了伦理学的聚光灯下，让他/她因自足（self-sufficient）、自明（self-defining）而责无旁贷地肩负起了这份责任。然而，这样的主体已然在巴特勒的后主体理论中塌陷。

面对理性主体自足神话的幻灭，巴特勒勾勒出了主体的回归，但其起点只能是对话语的"臣服"；面对理性主体能动幻影的破灭，巴特勒描绘了主体性的起舞，但舞者必定披挂着话语的枷锁。如此这般的"臣服"与"枷锁"成了巴特勒理论推进的原初预设。当她的理论视域从权力话语推进到伦理，当她的理论关注点从面对话语规范的主体之主体性，深化到"我"与"他人"之间的主体间性，这样的原初预设也将展现出不同的理论景观。

在巴特勒的阐发中，后主体间相互依存与彼此暴露的存在状态让后主体与他者的关联性（relationality）成了伦理的意义之所在。

[①] Elvis Imafidon. *The Ethics of Subjectivity: Perspectives since the Dawn of Modernity*. London: Palgrave Macmillan, 2015: 5.

遭遇他性时，后主体的绽出性存在让可理解性的界限、认知的边界成了伦理的发生之地。巴特勒的后主体间伦理是关于承认的协商（协商何种主体性可以得到承认），是给予他性回应的责任（回应从他处强加于我的要求）。

第一节
关联性: 后主体间的相互依存与彼此暴露

"关联"一直存在于西方哲学理论中,只是以不同的理论术语面貌出现。二十世纪八十年代的女性主义理论家内尔·诺丁斯(Nel Noddings)提出了"关怀伦理学",视"关系"(relationships)为人性的本体论基础,身份是个体与他人的一系列关系,而相互关怀的关系(caring relation)是人类的伦理基础。二十世纪九十年代美国出现的"关系精神分析"(relationship psychoanalysis)则抛弃了弗洛伊德的本能驱力,转而强调个体身处的或真实或想象的社会关系。进入二十一世纪,"关联"更是走到哲学舞台的中央,成了哲学理论界的"关联转向",标志着哲学理论研究范式的改变。

无论"关联"这一术语在哲学发展史上是隐还是显,它始终是巴特勒后主体理论的关键,因为这个后主体从一开始就是由外在的他者所允许的反身性开创的主体,是永远被驱赶、在与他者的相互作用中绽出的主体,是永远处于"关联"之中,流动、可变、偶然的主体。他者,无论是权力大他者还是他人他者,都并不只是需要反抗的敌人,而首先是唇齿相依的伙伴。主体被他者嵌入、构成,也同时向他者敞开、暴露,彼此依靠、互相滋养。与他者的"关联"在巴特勒的后主体理论中具有本体论的优先地位,因为这一纽带的形成不仅先于主体,更是主体性的社会前提和情感条件,是主体间伦理关系的意义之所在。对巴特勒而言,"不论在世界中追求一种道德的存在到底意味着什么,它一定不是专属于'我的',而一定是一种与他人捆绑在一起的存在状态"①。

一、《判决》:绽出的后主体

《判决》是卡夫卡 1912 年完成的短篇小说。故事发生在春天里一个美好的周末,以晨光中格奥尔格·本德曼临窗写信开始,以在汽车的喧嚣中,他从大桥上落入水中结束。"公车的噪声可以很容易地盖过他落水的声音",但这纵身一跃在文学评论家心中所激起的水纹却一圈圈荡漾开去。不仅是评论家,即使是普通读者也不禁要问:格奥尔格到底遭遇了什么打击,让他选择结束生命?是什么

---

① Dumm T, Butler J. Giving away, giving over: A conversation with Judith Butler. *The Massachusetts Review*, 2008, 49 (1/2): 95—105.

让故事开篇时那个刚与富家小姐订了婚，公司"员工增加了一倍，营业额翻了五倍"，生活如意得甚至不忍告诉朋友以免使之失落的格奥尔格，只在一番话的工夫里就站在了大桥上，落入水中？这个"被指责为前后不一、缺乏连贯"[①]的结尾，却让巴特勒看到"断裂"从来就是主体的存在状态，这样的断裂是理性主体透明性的破碎，更是不透明的后主体间关联的凸显。

故事中的每一个人物在故事的开端都确切而实在。独立的身份、迥异的生活境遇让人物彼此间的轮廓清晰而明朗。长着外国式络腮胡子、脸色泛黄的朋友在彼得堡开了一家商店，这位离群索居的朋友在生意上徒劳无益地苦心经营，生活上也是孑然一身，每每谈起这些都是牢骚满腹。和朋友的艰难处境不同，格奥尔格的心情和窗外的春光一样灿烂：成功的事业、订婚的喜悦，总之现阶段的生活一切都令人心满意足。年迈的父亲和格奥尔格住在一起。母亲在世时，父亲在公司里可是一个人说了算，现在对工作冷淡了一些，公司基本交给了儿子。格奥尔格与朋友的形象如此迥异，约翰·怀特（John White）就认为"朋友的清心寡欲和注重精神反衬出格奥尔格的世俗肉欲"[②]；而格奥尔格与父亲的对立更是在两人的对话中显露无遗。然而，随着故事的推进，三个独立人物间的清晰

[①] Pondrom C N. Coherence in Kafka's "The Judgment": Georg's Perceptions of the World. *Studies in Short Fiction*, 1972, 9（1）：59.
[②] John J White. Georg Bendemann's Friend in Russia: Symbolic Correspondences//*The Problem of "The Judgment": Eleven Approaches to Kafka's Story*. New York: Gordian Press, 1977：100—101.

界限开始变得模糊，迥异的形象开始重叠。一切都走向了不透明。

首先是彼得堡的朋友。当格奥尔格走进几个月没有进过的父亲的房间，并告诉他自己已经把订婚的消息告诉了在彼得堡的朋友时，父亲却反问道："你别骗我，这是件小事，甚至不值一提，所以你别骗我，在彼得堡你真的有这么一个朋友吗？"格奥尔格没有正面回答，只是尴尬地站起了身，检讨自己对父亲爱护得不够，准备把父亲换到前面亮堂的房间住。父亲的质疑并没有就此被打断——"你怎么会有一个朋友在那里呢？我一点都不相信。"这位朋友的坚实形象在父亲的质问声中开始动摇，模糊。然而，就在格奥尔格尽力帮助父亲回忆朋友三年前的到访时，父亲却忽然宣称："是的，我当然知道你的朋友。"在这突如其来的肯定中，朋友摇身一变成了最合父亲心意的儿子。而他，父亲真正的儿子，是出卖和欺骗朋友、对女人缴械投降的伪君子、"一个魔鬼似的人物"。

在父亲的叫喊声中，朋友的存在被证实了，格奥尔格的世界却崩塌了。父亲不需要他，母亲则给了父亲力量说出对他的唾弃。他用心良苦地推敲，如何在信中避免因自己的幸福如意加重朋友的失落，可父亲却告诉他朋友从不读他的信，"揉成纸团放在左手里，而他的右手却捧着我的信在读"，"他了解的情况比你本人多得多"。片刻之前还意气风发的格奥尔格成为虚幻，远在他乡的朋友抢走了原本属于他的位置，成了家庭的中心，成了那个一切尽在掌握的人。格奥尔格则沦为了那个被抛弃的失意人。罗伯特·列维（Robert Levin）说，"朋友的失意是格奥尔格（的自我所不承认的）

自身失意的一种伪装"①，而巴特勒更激进地设想，"那儿子所谓的朋友很可能不过是他自身之想象的镜像碎片"②。在这虚实转换中，格奥尔格、朋友的影像不再是各自独立、分割清晰的个体，他们之间松散却又实在的连接让两个影像连成了一体，界限被抹去，一切都模糊起来。

和仅停留在笔下、口头上的朋友不同，父亲，那个"坐在靠窗的角落""把报纸举在眼前的一侧""撇着牙齿都已脱落了的嘴"的父亲，确确实实地或躺，或坐，或站在那里对着格奥尔格喊叫。父亲老了，满头白发、"精力不够，记忆力衰退"。站在沙发旁的父亲"还是相当无力"。可父亲却又是强大的。当他迎面走来时，格奥尔格暗想，"我的父亲还总是一个巨人"，更重要的是，他与母亲、朋友的联盟——"你母亲给了我力量，我和你的朋友保持了良好的联系"，还有手中掌握的公司的命脉——"你的顾客联系网在我口袋里"。格奥尔格"觉得父亲的一番话可以置他于死地"，而最终的结局确实如此。

父亲对格奥尔格的愤怒达到了顶峰，并对格奥尔格做出了最后的判决："你本来是一个无辜的孩子，可是说到底，你是一个魔鬼般的人！——所以，你听着，我现在判你去投河淹死！"父亲的判

---

① Robert T Levin. The Familiar Friend: A Freudian Approach to Kafka's 'The Judgment', in *Literature and Psychology*, 1977, 27 (4): 164—173. 转引自：申丹. 情节冲突背后隐藏的冲突：卡夫卡《判决》中的双重叙事运动. 外国文学评论, 2016 (1): 97—122.

② Judith Butler. *Give an Account of Oneself*. New York: Fordham University Press, 2005: 47.

决之言成了现实——格奥尔格"自杀"了。引号的使用暗示了"自杀"一词并不准确，因为巴特勒强调在最终的死亡中"我们不得不接受两种情况的同存并在：被驱使着（being driven），自己赶着（rushing himself）"①。

巴特勒认为，在故事结尾简洁的文字中，两种动词语态交替出现，诉说了那纵身一跃之下"能动"的矛盾性。一方面，"格奥尔格觉得自己被赶出了房间"，但在下一个句子里，格奥尔格被描述为自己主动"冲下"楼梯，"冲（跃）"出大门，继而又"被驱使着穿过马路，向河边跑去"。"被赶出""被驱使"，被动语态的使用让格奥尔格沦为了动作的承受者，那么动作的执行者是谁呢？是谁在"赶"？谁在"驱使"？忽而被动、忽而主动的动词形态让动作身后的能动主体、主观意志流动而模糊。主体不再是被限定于确定界限之内的自明与自足。自足的完整被他者侵入并打碎，自明的中心被他者占据并位移，然而界限的抹除与超越并非主体能动性的简单出让、转移。格奥尔格的意志并不仅仅是被父亲的意志替代。在主动与被动动词形态的交替间，一个主体性没有压倒另一个主体性取得绝对性胜利，意志只是两者缠绕纠葛的结果，是两者不可分割的嵌入、交互。意志的纠缠让父亲、儿子间看似矛盾的界限模糊起来，而这样的模糊没有妨碍叙事的推进。巴特勒指出：正是"模棱两可

---

① Judith Butler. *Giving an Account of Oneself*. New York: Fordham University Press, 2005: 47.

推动着整个故事的发展"①。朋友与格奥尔格影像的重叠,儿子与父亲意志的缠绕,一切在故事开端春日的阳光下明了清晰。

　　动词语态变换所暗示的施动者的模糊揭示了主体能动性的含混模糊,这样的模糊深处是"父亲的谴责"与"儿子的需要"之间的转化。父亲的判决掷地有声:"你听着,我现在判你去投河淹死!"可当格奥尔格站在桥上时,巴特勒提醒读者注意,他是以那个在自己年轻时让父母引以为豪的体操运动员的姿势,悬空吊着。这样的姿势是格奥尔格得以获得主体位置的缘由——从父母这一他者那里得到的自反性同一。这样的同一是他在外部他者中发现的自己,并继而内化成为的自己。这样来自他者的同一是主体性的基础,提供了主体的位置,开创了能动性的可能。他者对主体是暴力,这暴力要求主体的臣服与屈从,但这暴力在压迫的同时也开创了主体,提供了主体得以茁壮生长的营养。由此,巴特勒宣称,对于格奥尔格,父亲已经不仅仅是那个外在的压迫者,他同时开创了格奥尔格的生命,滋养着他的生命。

　　无法逃避的矛盾让主体与他者间的关系无法被简化为对立,对来自他者的那份暴力的屈服不只有被迫的无奈,还有强烈的依恋,因为他者是存在的可能,屈服意味着存在。巴特勒看到,尽管父亲的谴责犹如一阵强风,在其裹挟之下,格奥尔格被驱使着出了房门,冲下了楼梯,但他表演的那套自杀性的杂技却是自己心甘情愿

---

① Judith Butler. *Giving an Account of Oneself*. New York:Fordham University Press,2005:47.

做出的动作,那是曾经让父母自豪的动作,而此刻它是格奥尔格爱的宣言。伴着一句喃喃自语,"亲爱的父母亲,我可一直是爱着你们的",格奥尔格"松手让自己落下水去"。这一"松手"与"落下",让巴特勒看到了死亡中"献祭"的色彩——以死亡的方式祭献那份对父母的依恋。在坠落中,父亲、儿子,生命、意志浑然一体。那纵身一跃,从"父亲谴责"的后果,变成了"儿子的迫切需求"。

格奥尔格落入了水中,而父亲呢?就在他对格奥尔格做出最后的判决,就在"格奥尔格觉得自己被赶出了房间"时,父亲随之"砰"的一声倒在了床上。巴特勒看到,父亲对儿子的谴责似乎也谴责了自己,后者以死亡献祭了那开创了他、滋养了他的暴力的爱,而对儿子的谴责仿佛也耗尽了父亲的全部力量,他瘫倒在床上,仿佛也猝然死去。[1]

格奥尔格、父亲、朋友,在三者形象的交叉、意志的叠映中,巴特勒质疑"这些角色是独立的实体还是无实体、无核心,在一个碎片化的领域内构成的连接松散、彼此分割的自我之不同部分"?[2] 格奥尔格是谁?或者说,谁是格奥尔格?在与他者层层叠叠无法分割的关联间,主体变得晦暗不明。

---

[1] Judith Butler. *Giving an Account of Oneself*. New York: Fordham University Press, 2005: 47.

[2] Judith Butler. *Giving an Account of Oneself*. New York: Fordham University Press, 2005: 47.

这是一个陷于与他异性关联结构之中的主体,一个绽出的主体。这样的绽出让主体晦暗不清,也让主体脆弱不安。

二、脆弱的后主体

"脆弱"在巴特勒的理论进程中先后以不同的英语词汇"vulnerability"和"precariousness"进行表达,其内涵也在不同理论阶段有所发展。前者强调后主体的社会性绽出,后者则更具存在主义意味。在这样的理论推进中,不变的是对后主体"物质性"的强调。只是在对后主体性的探索阶段,巴特勒在后主体的精神世界中寻找后主体与权力的同谋共在;而在对后主体间性的讨论中,她将视线从精神世界抽离,转而聚焦于"肉体的脆弱"(corporal vulnerability)。

不论是"身体"还是"脆弱",从古希腊到启蒙哲学,两者在理论家的阐释中都处于被贬低、压制的阴影下,被视为需要解决的问题。柏拉图主张灵魂与身体的二元对立,认为前者与知识、智慧、理性相连,而后者不仅是不可信赖的,更是通向理性的阻碍。[1]在中世纪的宗教伦理中,上帝创造身体是为了惩罚灵魂。启蒙时代,对透明、确证的追求则让身体因其反智性成了意识的对立面,被视作是感性、虚幻与变动不居的。在加诸身体的林林总总的罪名中,面对死亡时身体的脆弱性也是其一。相比于灵魂的永动与不

---

[1] 柏拉图. 斐多:柏拉图对话录之一. 杨绛,译. 沈阳:辽宁人民出版社,2000:15.

朽，柏拉图斥责身体带来疾病和恐惧；奥古斯丁鄙视身体只能依靠忠诚于上帝的灵魂得到生气。在推崇彻底的理性主义的启蒙哲学理论中，脆弱也毫无立足之地。《新牛津英汉词典》（*The New Oxford Dictionary of English*）对"vulnerability"的解释是，"受到精神或情感上的攻击或伤害的可能"。换言之，脆弱意味着易受伤害、易受影响，而被他人、世界牵制意味着中心的偏离、同一的无法达成。

理性主义理论家们怀有的信念，是以理性开创一个有秩序的、稳定的、一切尽在人类掌握中的世界。在这样的理论话语中，脆弱被视为一个亟待解决的问题；然而，对于一个永远处于与他异性关联结构中的绽出的后主体，脆弱不仅仅被视为存在者的一个特征，还被视为存在的方式，是无可否认的存在的本体论状态。

将脆弱视为存在的本体论状态的理论渊源，来自列维纳斯和阿伦特。阿伦特认为脆弱是人类独有的境况，她对这一境况的分析是以复数性（plurality）对自足个体的解构开始的。启蒙主义以来的现代哲学对完整、同一的强调产生了内在与外部的区别，继而我们想象了一个可以与世界分离的主体，内在同一、独立于世，而世界、他人成了我们需要对抗的外部。在这样的同一性思维中，复数性被贬斥为"弱点"，认为外部是对个体的束缚，意味着无法行动的非自由。阿伦特反其道而行之，将个体、行动和自由与人类的复数性紧紧联系在一起。人类的独特性不在于其具有的某一特性，而在于他/她对世界的开放性，个人以言说和行动切入世界，他/她在这个世界中经历着的，同时也被他人所经历着，悖论性地在复数性中实现个体的独特性。阿伦特提醒读者，"在罗马人的语言中，'活着'和'在人们中间'是同义词，'死去'和'不再在人们中间'是同义词"①。人因其行动而成为人，而行动必须在世界中展开，必须要求他人的在场。唯有在复数性的存在中，行动才具有意义；然而他人的介入同时也让行动的后果脱离了自我的主宰，成了无法预测的不可确定，让自由陷入了矛盾，"我"因主动性成为行动者（doer）的同时，也成了承受者（sufferer）。阿伦特的复数性不是马克思所强调的集体生产活动中的人类种群，也不是柏拉图所假定的人因有限的体力而对他人产生的需要，阿伦特的复数性本身就是行动，是在世界中对自身的实现，也是对自身的限制。从复数性出发，当活着意味着向世界、他人开放时，当无法预知的不确定性让个体是行动者的同时，更是承受者。脆弱性成了阿伦特笔下人类行动和思考的境况。

与阿伦特从主体角度切入的观察不同，列维纳斯将他者作为观察"脆弱"的起点和终点。脆弱不仅仅是撕裂同一、将他异放置于主体的内部进行思考，更是以他者置换主体在伦理学中心地位的场域。理论归旨的迥异让更具被动意味的暴露、感受（而不是复数性、行动），成了揭示脆弱性的关键词。对列维纳斯而言，脆弱是"存在的暴露"（exposure of being），它是先于意愿、意图的被给

---

① 汉娜·阿伦特. 人的境况. 王寅丽，译. 上海：上海人民出版社，2009：2.

予、被束缚。身体是最直观的暴露，它裸露在那里，被外在的他者感发、打动。如此具身性的暴露，描述了主体与他者间一种不同于胡塞尔意识模式主体间性的关联，那是一种超越了认知意向性的"情感的脆弱"。一片面包、一杯橘汁或是一个吻带来的感受，在列维纳斯看来正是对主体的解构，因为感受是通过与外部的关系而发生的。人所感受到的、先于自我意识的他者带来的情感触动，是一种绝对的被动——"我们在被系于我的身体之前，就被他者所束缚"①。被动的暴露将主体保持、捆绑在关联之中，这样的关联不是自主的选择，也不在主体的认知能力范围内，无法以意向性的目的论加以解释。这样的暴露让脆弱无法被化约为存在的某种特质，作为现象接受旁观者似的主体的审视与判断，同时也让脆弱不能被视为自我的妨碍，而恰恰相反，自我因脆弱得以实现。

与列维纳斯和阿伦特一脉相承，在巴特勒的理论视域中，脆弱不是某种具体的特性，而是关联，是对世界的敞开，对他异的依赖，也是对他者的暴露。她同样赋予脆弱以存在的本体论地位，以社会本体论打破自足主体的壁垒，宣布划界、区分成了不可完成的任务。巴特勒在格奥尔格的最终结局中，看到的正是这种对存在状态淋漓尽致的揭示。

巴特勒对脆弱的阐释揭示了后主体与他者间的相互依存，她因

---

① 王嘉军. 再论列维纳斯的身体思想及其身体美学和伦理意义. 文艺争鸣. 2019（3）：121—129.

此被视为一个后结构主义理论家。成为后主体意味着对权力他者的臣服，但这样的臣服不是一个独立的个体向一个站在其对立面的大他者的缴械投降，而是如与朋友形象交叉、与父亲意志叠映的格奥尔格的命运所展现出的，后主体与他者间的彼此依赖与相互成就。对权力的依恋，更进一步解构了两者间曾被认为泾渭分明的界限——没有与他异性的关联就没有主体，没有主体性。身体同样如此。身体因其有形的边界，被认为是与他人、外部截然分开的。但从初降人世的婴儿来看，身体即它与他异性的关联，身体在这样的关联中被构成。

在区分与划界的思维惯性下，身体常常被视为有界的实体。当人们宣称"我拥有我的身体"时，也宣布了自己主宰、控制身体的能动性。然而，巴特勒指出，首先，身体的主体就不是以一个行动着的能动主体来到世界上的，它从一开始就依赖他人的给养才得以存在，是一个脆弱的存在。那个所谓的能动主体的"第一个动作，第一句发声都是为了生存而对改变了的环境的回应，这个环境中有他人，但不只是局限于他人"①。其次，暴露，这一身体的自然状态，更让身体的脆弱性无处可藏，也让主宰、控制身体成为幻象。在暴露中，身体受到冲击——遭受暴力、死亡；受到影响——产生悲伤、愤怒。身体依靠他者，受制于他者，但同时在与他异性的关

---

① Judith Butler. Bodily Vulnerability, Coalitions, and Street Politics. *Critical Studies*, 2014, 37: 99—119.

联中产生欲望,在体验着、感受着、被影响的同时也产生影响。正如巴特勒在《判决》中读出的生命的缠绕,脆弱性意味着与他异性的关联,而且"不仅仅是这个或那个身体被捆绑在一个关联的网络之中,而是尽管有着明确边界的身体……被这样的关联定义,这关联让它的生命、功能成为可能"①。不论是成为主体所必经的对权力他者的臣服,还是身体对外界的依靠,都彰显着主体的脆弱,但不是我们对他者的依赖导致了脆弱,而是当存在必然是绽出的存在时,脆弱作为人类的基本生存境况,正是个体生命存在的前提。

三、伦理的基础：与他性的关联

自足、同一的理性主体是传统伦理学的基石,唯有一个具有能动性、反思性的自我能为自己的行为负责,从而成为伦理行为的必要基础。当这样的自足、同一被不透明、脆弱替代,当主体性源于他处,当主体总是处于影响与被影响的关联性之中时,伦理责任应该依附于谁？如果一个分裂的主体无法成为传统伦理学的基础,那么应该如何设想一个没有基础的伦理？

基础,在不同的哲学思潮中有不同的称谓,但始终被视为起始、原初。在本体论中,基础是世界的本质；在认识论中,基础是知识的来源。巴特勒在对身份话语的系谱学研究中展现出的反本质

---

① Judith Butler. Bodily Vulnerability, Coalitions, and Street Politics. *Critical Studies*, 2014, 37: 99—119.

理论立场，让她的理论历来被视为反本体主义、反基础主义。然而，巴特勒否认自己试图抛弃本体、基础，因为她历来坚持的策略不是逃脱现有的规范（乌托邦式的），而是重复、再重复，意指、再意指。在 1995 年发表的《偶然性的根基：女性主义与"后现代主义"问题》（"Contingent Foundations: Feminism and the Question of 'Postmodernism'"）一文中，巴特勒写道：她所做的并不是要抛弃基础，而是要永远去质疑那些建立基础的理论策略，允许了什么，又排除了什么。① 1996 年在荷兰的一次采访中，巴特勒则说，重要的是将本体本身作为一个有争议的领域，重新进行传播、意指。② 在 2009 年出版的《战争的框架：何种生命值得哀悼？》（*Frames of War: When Is Life Grievable?*）的序言中，她进一步宣布，"为了对'保护的权力'做出更广泛的主张，我们需要一个新的身体本体论，重新思考定义人类生活以及语言和社会归属的脆弱性和易受伤害性"③。从这样的表达中，我们可以看到巴特勒对同一理性主体的解构，并不意味着推动一种反基础伦理，而是通过质疑传统伦理的基础，剥开基础真实自然的伪装，展示它的人造历史，从思考如何建立基础，到反思在建立基础的过程中，赋予了基础什么，又剥夺

---

① Judith Butler. Contingent Foundations: Feminism and the Question of 'Postmodernism' // *Feminist Contentions: A Philosophical Exchange*. London: Routledge, 1995: 35—57.
② Irene Costera Meijer, Baukje Prins. How Bodies Come to Matter: An Interview with Judith Butler. *Journal of Women in Culture and Society*, 1998, 23 (2): 275—286.
③ Judith Butler. *Frames of War: When Is Life Grievable?*. New York: Verso, 2009: 1—2.

了基础什么，进一步探求这样的基础是否有可能被重新运作。

澄清了巴特勒对基础的态度后，还有必要回顾一下巴特勒对主体能动性的阐述。从对巴特勒后主体观的分析可以看出，她对理性主体的解构不同于建构主义，后者将主体视为规范的摹本、权力的傀儡。但巴特勒的后主体既不是权力的傀儡，也不是先验、自足的存在，在她看来，成为主体的过程既是臣服，也是开创；权力是主体反抗的对象，但也是主体反抗力量的来源。所以，巴特勒的后主体是话语述行的效果，是脆弱的身体，同时也是向一切可能性开放的能动后主体。

对巴特勒后主体能动性的强调，并非为了铺垫分裂主体作为伦理学基础的合法性，因为对巴特勒而言，"伦理责任不是主体所发起的，而是主体因其存在而所**是**"①。这样的存在是深陷于与他异性的关联结构之中的存在，而正是这样的存在境况向我们提出了伦理的诉求。列维纳斯将生命的脆弱性视为一种召唤，邀请我们承担对他者无条件的、不对称的伦理责任。巴特勒分享了这样的伦理立场，却抛弃了超越、神圣之类的理论范畴，尽管她承认"虽然我坚持要诉诸一个共同的人类脆弱性，一个伴随生命本身出现的脆弱性，但我也坚持认为，我们无法找到这一脆弱性的根源，它先于

---

① Judith Butler. *Giving an Account of Oneself*. New York: Fordham University Press, 2005: 88. 对"是"的强调为笔者所加。

'我'的形成。这是从一开始就被暴露的境遇,我们无可争辩"①。

不同于列维纳斯,巴特勒仍然以后主体阐释生命所处的、无可逃避的以关联性为基础的伦理责任。这样的基础带来了伦理责任的新语境:一方面,与他人相互依存、彼此暴露的共在,不断质询、怀疑着理性主体所谓自足、自主的自我同一,消解着曾被视为无法渗透、不可入侵的边界;另一方面,生命的短暂、不确定激发着人对生存的担忧,生命之间的暴露、依存要求我们以更谨慎的态度思考自由。

人被自身与他人的关系嵌入、构成,不可分割,这就是主体性的基础,也是伦理责任的基础。在这个脱离了自由个体的人格模式中,"我们虽然在各自的形体之中,却受制于他人,落入彼此手中,接受彼此的摆布"②。没有你,我是谁?正是从这样唇齿相依的关联性出发,巴特勒要求后主体承担全新的伦理责任。

---

① Judith Butler. *Precarious Life: The Power of Mourning and Violence*. New York: Verso, 2004: 31.
② Judith Butler. *Giving an Account of Oneself*. New York: Fordham University Press, 2005: 101.

第二节

伦理：从评判到回应

以"不透明""脆弱"这些曾经被忽视甚至被曲解的生命存在境况为理论语境，巴特勒重思后主体面对与自己息息相关的他人时，所应肩负的伦理责任，发现从认识论传统出发，对主体间伦理关系进行的设想必然遭遇失败。传统伦理学对主体提出的伦理要求，或将因自足理性主体这一理论基础的消解，而失去合法性；或将因权力理论视域的介入，而陷入重重矛盾。当彼此暴露、相互依存的关联性成为后主体不可否认的生存境况时，基于认识论术语对后主体提出的伦理要求，在巴特勒那里被揭示为以伦理之名实施的暴力。

一、评判的责任

传统伦理学以自主、自足的理性主体为理论基石，从认识论角度展开了对主体责任的设想，它采取的伦理姿态是评判（judgment）。传统伦理理论相信，理性使人类成为能从事真、善、美活动的主体，主体的能动性赋予其对个人行为充分的选择自由，也同时赋予其为这份选择负责的能力（subject's capacity for accountability）。基于这一理论，主体面临的伦理要求是与他者相遇时以认识的确定性作为伦理的理论起点，能够认识他人，并做出评判。这样的评判假设了伦理规范的普遍适时，假设了主体不仅具备做出正当合理评判的能力，更具有"说明自身"（give an account of oneself）的能力。简而言之，在认识论视野下，传统伦理学要求主体承担基于评判的问责责任（accountability）。

"account"这个词在经济领域通常被译为"账户""账目""老主顾"，在巴特勒的理论语境中则被译作"解释""说明"。"give an account of oneself"意为"能够有理有据地描述、解释、说明自己"。"accountable"意指"能为自己的言行负责，能给出合理而令人满意的说明"，它的名词形式"accountability"正是指此等"解释"、"说明"的能力。由此，此责任（accountability）与彼责任（responsibility）拉开了距离，前者意指主体为所做出的选择负责、为所制定的目标负责、为所采取的目标实现方式负责；这样的负责意味着主体行动、决定的结果将接受评判，一切后果由主体承担。

这样的责任在巴特勒的理论语境中成了不可能完成的任务，因为无论是评判的主体，还是被评判的他者，没有人能够说明自身。首先，对自身的说明要求一个透明的"我"，一个对自己从哪里来、到哪里去都清清楚楚、毫无疑问的"我"。而这个透明的"我"在巴特勒的理论阐释中只能是幻想中的存在。仅仅是面对"我何以出现"的叙述,"我"就无能为力,因为那永远只能是他者的叙述——由他者引起、被他者讲述的故事。"我"所能做的不过是一次又一次地转述那对"我"而言毫无具体所指的"我"的故事。其次,对自身的说明要求一个对自己的叙述拥有绝对权威的"我"。然而,在每一次对自身加以说明的尝试中,"'我'的叙述权威必须让位于一套规范"[1],一套先于"我"存在的规范。它是关于语言表达的规范,是关于他者的规范,更是关于主体的规范。对自身的说明,不仅仅是对如此规范的引用——规范定义、规定了这一说明。没有对先于"我"的社会规范的征引,就没有"我",更没有"我"的自我叙述。"我"的视角被褫夺,对自身的说明只能是规范大他者的叙述。

说明自身的尝试在巴特勒看来注定是失败的,因为这一伦理责任的深处是对"我"的单数性的信仰。在这样的信仰下,"我"被要求始终保持自我的同一;同时,这样的要求也被加于他者——要求他者的同一。然而,不论是对以臣服为开端的主体位置的获得的理论分析,还是对主体间关联性的理论揭示,巴特勒所勾画的主体,始终是那个永远置身于自身之外的绽出的后主体。没有一个先验的"内部"等待主体的回返。获得主体位置意味着获得可理解

---

[1] Judith Butler. Giving an Account of Oneself. *Diacritics*, 2001, 31 (4): 22—40.

性,然而无论是理解自身还是让自身得到理解,都只能在"外部"发生,这个外部是规范、习俗,更是权力、他者。成为后主体也并不意味同一的永恒达成,因为任何存在总是对"外部"框架的溢出,"我"总是落入那暂时的同一之外。"不断地发现它外在于自己,它无法压制那不断涌现的自身的外在性。'我',正如它一样,总是外在于自己,那个回归自己的时刻永远不会到来。"① 对于后主体间性,"我"不可抗拒地被"我"与他人的关系嵌入、构成,它们不断冲击着同一那所谓独立、完整、永恒的疆界。当同一被揭示为暂时性的偶然,"我"的单数性被瓦解,"任何试图'说明自身'的努力都将失败"②。

将评判视为伦理责任的姿态,意味着在评判与被评判的后主体与他者间筑起了一道本体论差异的高墙——存在的相互依存被否定,后主体的不透明性被视而不见,后主体与他者间的关联被一笔抹去。"我"假定了自己的完整与同一,更将其投射于他人,以伦理的名义对他人进行评判,要求他人对自身进行说明。这样的要求,在巴特勒看来不仅是对被评判的对象(他者)的暴力,同样是对评判者(后主体)的暴力。前者在凝视中被贬低、缩小;当评判的结果是谴责时,他者更是遭到斥责、非难。后者则在看似主体的能动中丧失了"伦理反思和行为所需要的能力"③,因为这样的能力

---

① Judith Butler. Giving an Account of Oneself. *Diacritics*, 2001, 31 (4): 22—40.
② Judith Butler. Giving an Account of Oneself. *Diacritics*, 2001, 31 (4): 22—40.
③ Judith Butler. Giving an Account of Oneself. *Diacritics*, 2001, 31 (4): 22—40.

首先是对后主体间关联性的体认。"我"与他人的关联是伦理关系的基础,当这份关联在所谓的伦理评判中被遗忘时,"我"也同样失去了被伦理询唤,并对其做出回应的机会。

在论证了"说明自身"的不可能性后,巴特勒也揭示了"评判"这一传统伦理论的伦理姿态的非法,更质疑了基于认识论术语对伦理责任进行设想的可能。然而,当任何对自身的说明都只能无功而返,当抹除后主体间关联性的伦理评判只能是假借伦理之名的暴力,巴特勒并未将其视为"伦理的失败"(ethical failure)。相反,她看到任何基于否认"我"与他人关联性的后主体间伦理都是无本之木、无源之水;对后伦理学的探讨必须从这样的关联性出发,舍弃认识论的视角,探讨一种新的后主体间伦理责任。

二、回应的责任

以后主体间的关联性为理论基石的后伦理学需要一种非认识论的理论维度来设想与他人的相遇。在巴特勒的理论推演中,这样的设想要求我们放弃从认识论出发对他人所代表的他异性展开本体论追问(他是什么?),而采用一种情感立场去思考他异性。在主体中心主义的理论论述中,当他者所代表的他异性以"非我"的面貌被置于自我的对立面,它或被视为规范所禁止的异端而遭受贬低与斥责,与它的相遇引发自我的烦躁与不安;或遭遇规范的阉割,成为被遗失的遗失,被视而不见、听而不闻。然而,当"我"与"非我"间的界限被消解,"我"不再是自足、自主、边界清晰的同一时，与他异性的相遇在"我"所激发的情感中将面临反思。

反思的第一步是理解他者所代表的他异性。笛卡尔开创的主体哲学中那个不容怀疑的"我"一步步陷入自我的对立面——"非我"的泥潭中。"非我"在黑格尔的主奴辩证法中是"自我意识"形成的先决条件。在拉康的镜像理论中，主体形成是"我"的分裂的结果——自我不过是"非我"之他者的镜像。在不同的理论进路中，自我与"非我"间的界限都在不断地被模糊、被超越。巴特勒一方面继承了主体的所谓同一实为虚幻的理论判断，一方面又指出不能将这样的判断简单地理解为"（他异性）被主体包含在其内部"[1]，而应该看到即使是在黑格尔所描述的与他异性的相遇中，差异最终也并没有被完全消解为同一。"相反，它'消解'的时刻最终正是它散布开去的时刻"[2]，因为同一从来都不是对他异性一劳永逸的同化与吞并，而永远是从他异性中提取、因他异性而得以存在的同一。

"非我"的他异性正是"我"得以存在、延续的基本条件。"我"的位置，从起始就被他者占据；但这份占据不能被理解为一个先在位置的丢失，也不能被理解为"我"的完全丧失，而是后主体与他者所代表的他异性所处的永恒的关联状态。任何后主体都会陷于与他异性的关联之中，这样的关联是极端的，是构成性的。当

---

[1] Judith Butler. *Subjects of Desire*. New York: Columbia University Press, 2012: xxi.
[2] Judith Butler. *Subjects of Desire*. New York: Columbia University Press, 2012: xxi.

"被（主体、他者，同一、差异）这些术语区分又相联系的'纽带'"① 浮出地表，他者已然不再是笛卡尔的主体、客体二元对立中的"非我"，而是那个从根本上维系着"我"的存在的他人；他异性不再仅仅是对稳定同一性的威胁，因为在它将后主体一次次逼迫出那个想象的封闭、单数的存在，在复数性、动态性中绽放的同时，也正是他异性的存在实现了暂时的同一。

当他者、他异性被赋予了新的内涵，反思将进入如何对待这样的他异性的思考。存在的不透明性让从任何特定规范出发的、对他异性的同一化都被揭示为伦理的暴力。他者要求拥有绝对的他者地位，他异性要求被真正视为他异性。这样的要求让后主体陷入了两难。一方面，他者与"我"唇齿相依；另一方面，他者又是无法被认识的绝对他异。正是在这样的两难中，巴特勒看到了伦理的出场。作为同一性、主体性来源的他异性，同样可能是让同盟成为可能的源泉，但这样的同盟要求我们以情感，而非认识论或本体论的理论术语来设想责任。这样的责任不是以某种道德的确定性为伦理起点，以评判为基础要求主体说明自身的责任，而是在与他者相遇时，面对无法理解并带来冲击的他异性时仍然向它敞开、予以回应的责任。

这样的责任要求一种向他异性开放的情感立场。开放意味着没有边界也没有恒定，一切都是情境化的，偶然、不确定和不透明

---

① Judith Butler. *Precarious Life: The Power of Mourning and Violence*. New York: Verso, 2004: 22.

的，但这正是存在的普遍境遇。在这个没有客观普遍性的世界中，一种永远向差异开放的自我超越精神就是唯一的普遍性。开放不仅是存在的境遇，更是存在的先决条件。"我"的生命从根本上由他人维系，"我"的存在依靠于他人，相互依存的关联性向"我"发出了伦理的要求，要求"我"必须向他者开放，直面他异性带来的冲击。"我"有责任去正视那些被视而不见的"存在"，倾听那些被听而不闻的"杂音"，理解在现有规范中无法被表征的"失语"。

基于关联性的伦理责任不仅要求开放，更要求对他异性予以回应。这样的回应意味着被动。在对后主体之脆弱特质（precariousness）的论述中，巴特勒揭示了后主体的被动性。它的诞生是被动的开创，而非自我的意愿或选择。唯有先成为一个宾格的"我"，方可能占据那个主格的位置。人对自己的感知从一开始就始于对他者的感知，"有什么东西占据了我的位置，一个'我'出现了，而这个'我'只可能以那个占据这一位置的东西的方式去理解这个位置"[1]。在巴特勒看来，正是这不请自来的易受影响性（unwilled susceptibility）让后主体必须承担这份对他者的被动的伦理责任——回应的责任，不容置疑也不容拒绝。

明确了关联性的存在向后主体提出的伦理要求，巴特勒在回答"如何回应"这一问题之前还不得不思考"如何让这样的责任被感知"，毕竟面对偶然却又绝对的他异性，后主体根深蒂固的对自足、

---

[1] Judith Butler. *Giving an Account of Oneself*. New York: Fordham University Press, 2005: 89.

确定性的向往，可能导致对他人的无视或蔑视，面对暴露在"我"面前的脆弱生命，也可能引发暴力、虐待。为了解决这一问题，巴特勒看到，一方面，我们必须对现有伦理术语展开批判，为已有的术语注入新的内涵；另一方面，我们必须通过批判，在现有规范框架内部寻找裂隙，使后主体在与他异性的相遇中肩负起回应的责任。

第三节

伦理：关于承认的协商

"承认"在巴特勒的理论发展进程中一直是一个重要范畴。它是巴特勒理论强劲的推进器，因为巴特勒的理论即发轫于对那些在现有规范下无法得到承认、被视为"自然的错误"的"形而上学的无家可归者"的关注。从后主体理论到对后主体间伦理关系的思考，"承认"这一理论范畴更是走上了前台，但这一次巴特勒要做的，是在新的伦理语境中赋予这一传统的主体间理论术语新的内涵。当和"我"一样不透明、脆弱的他者向"我"提出伦理诉求时，这个诉求只有在他者被承认的前提下方能被感知、被回应。这一"承认"的理论内涵以认识的有限性为基础，向永远的"尚未"（not yet）敞开。

一、承认的矛盾

"承认"（recognition）一词最早见于费希特的著作，黑格尔强调了该词的相互性，使其成为当代西方哲学"主体间性"的重要理论来源。在黑格尔的阐发中，相互承认（reciprocal recognition）是意识发展成自我意识（self-consciousness）的关键因素，后承认理论发展脉络中最重要的理论家阿克塞尔·霍耐特（Axel Honneth）继承发展了这一观点，将承认视为自我实现（self-realization）的首要手段。在他们的论述中，承认与自由紧密相连。

在黑格尔的理论中，唯有"自我意识是自在自为的"[1]，"到了自我意识，于是我们现在就进入真理自家的王国了"[2]，但这样的自在自为、真理的王国绝非自我意识的静止本质，而是从欲望到承认，自我意识最终达成同一与差异的统一状态的运动过程。欲望的运行机制是否定，否定他物是其本质环节。这意味着作为对象的他物必然在场，并以拒绝同一的姿态站在自我意识的对立面。任何欲望的满足都是暂时的，而在这短暂满足中得到的自身确定性也将无法持存。自我意识所追求的自我确定性不可能在独白式的个体主体中得到实现，唯有克服个别性，与他人结为共同体方能达成。因此，即使黑格尔说"自我意识就是欲望一般"，也唯有通过向相互

---

[1] 黑格尔. 精神现象学（上卷）. 贺麟、王玖兴, 译. 上海：上海人民出版社, 2013：122.
[2] 姜勇君. 否定性：从有限主体到绝对主体——黑格尔《精神现象学》"自我意识"篇研究. 南京：南京大学, 2010：94.

承认的过渡，"我"与他物的主客关系推进到人与社会的伦理关系时，自我意识方才回归了真正的精神家园。黑格尔在说完"自我意识是自在自为的"这句话后，接着说："这由于、并且也就因为它是为另一个自在自为的自我意识而存在的；这就是说，它所以存在只是由于被对方承认。"①

霍耐特一定程度上继承了黑格尔的承认理论，认为承认是自我实现的重要手段。不同于消灭他者他异性的投射，也不同于将他者对象化的同一，承认意味着他者同样被视为独立存在的主体，与给予承认的主体分享着同一种精神结构。由此，承认是个体获得精神上的自我理解、自我接受的前提条件，正是在主体间的相互承认与肯定中，个体实现了自我关系的建构，得以自我实现、自我创造。霍耐特的理论强调承认作为个体发展和精神健康的重要条件，建构了一种承认的发展模式。他把社会也看作一种承认关系，主体渴望得到社会规范的承认，且正是在这一社会化的过程中了解何为正义。因此，社会结构应通过创造相互承认的条件，以便社会中所有成员的自我实现。霍耐特主张，在理论上我们可以通过制度化的相互承认关系成为自由的个体。在他看来，主体无法得到社会规范的承认的时刻，正是对其同一诉求施加暴力的时刻。主体依赖社会承认以达成其自我的同一，承认的被否认必然伴随着人格的丧失。主体遭遇暴力的权力剥夺、拒绝包容（inclusion）的时刻，在霍耐特

---

① 黑格尔. 精神现象学（上卷）. 贺麟，王玖兴，译. 上海：上海人民出版社，2013：122.

的理论术语中被称为"蔑视"（disrespect），指称"不被承认"（non-recognition）和"误认"（misrecognition）。

霍耐特将"蔑视"视为个人发展的阻碍，因为它妨碍了个人建立积极自我关系。同时，霍耐特也将"蔑视"视为社会发展的驱动力——"即为承认而斗争提供动力"[①]。然而，当权力、意识形态被纳入考量时，在黑格尔和霍耐特看来，作为实现充分自由个体必要前提条件的承认，却被揭示为排斥、规范化的暴力过程。阿尔都塞将意识形态视为每一个社会的集体无意识，获得承认意味着被某种特定的意识形态询唤和收编。福柯将臣服视为获得主体位置的首要条件。拉康更指出每一次承认都是"误认"。承认被视为一种规范，承认关系是一种权力关系。这样的承认不仅不能带来独立、自由，反而构成了对自我的疏离和异化。争取承认的斗争只会让我们深深地陷入对权力关系的错误依赖中。

巴特勒沿袭了权力、规范的理论视野，但拒绝将承认想象为单边的压抑行动，主张后主体间的承认永远不是单纯的给予或拒绝关系，而是规范的述行——在这一过程中"我"受到承认规范的制约，又同时成为这一规范的述行主体。[②] 在1997年发表的《权力的精神生活》一书中，巴特勒写道："并不仅仅是一个人要求他人的承认，或承认是通过屈从发生，而是一个人依靠权力而得以成形，

[①] 阿克塞尔·霍耐特. 为承认而斗争. 胡继华, 译. 上海：上海人民出版社, 2005: 141.
[②] Judith Butler. Giving an Account of Oneself. *Diacritics*, 2001, 31 (4): 22—40.

没有依靠这成形就无从发生。"① 在这样的表述中，承认是主体性、能动性的前提条件。唯有获得承认，个体方能被纳入社会领域；承认的缺席意味着个体成为无法被理解的存在者，甚至将会被抹除，成为不存在者。但承认中的权力维度却又无法回避——站在承认背后的是承认规范，它决定着他者所代表的他异性是否具有"可理解性"（intelligibility），并由此获得"可承认性"（recognizability）。这正是承认的矛盾性之所在。它是权力对个体的规训。被承认意味着接受约束、限制，受到压迫。每一次承认的给予与获得都是权力规范的一次述行，在这样不断的述行中，规范在重复中不断重复、沉淀，最终被自然化。尽管如此，以权力实践为底色的承认仍然是个体努力追求的规范，因为唯有获得可理解性、得到承认，才能占据主体的位置，获得能动性的可能。

对承认的矛盾性的揭示并非为了宣布承认这一理论术语的死亡；相反，巴特勒正是以这样的矛盾为突破口，试图发现承认的伦理色彩。

二、承认的伦理色彩

从主体到主体间，巴特勒仍然保持着她一以贯之的解构策略——占领已有的话语概念，揭示它的矛盾性，消解它所谓的自然正当，将其作为一个充满争议的领域去重新思考、意指，以及传

---

① Judith Butler. *The Psychic Life of Power: Theories of Subjection*. California: Stanford University Press, 1997: 9.

播。当承认的规范性被揭示,承认的发生意味着只能在界限内观看、倾听、了解并最终"识别",获得承认则意味着接受由管理可识别性的规范所带来的压迫。揭示后主体与外在于自身的权力规范的关联,听起来不过是权力建构论的老调重弹,但一如巴特勒论证后主体性时的思路,她对后主体间伦理关系的探讨以与权力彼此依靠的后主体为出发点。后主体是向规范臣服的结果,而后者也需要在主体一次次的征引中汇聚权力,沉淀为事实。在这样的关联性中,简单否定、彻底摧毁任何一方的解放话语都显得天真而不可行。同样,对承认矛盾性的揭示,并不是要消解这一范畴,而是拒绝毫无评判性的挪用,质询建立承认规范的权力授权了什么,又排除、取消了什么。而这正是巴特勒的诉求:"如果或者给予或者接受承认的努力一次又一次地失败,那么我对现有承认发生的规范领域提出质疑。"[1] 质疑不是为了根除,而是要通过重新意指将其改造为伦理的发生之地——伦理即关于承认的协商。

如果承认的发生意味着只能在可理解性的界限之内观看、倾听、感受,那么关于承认的协商首先是对认识的有限性的承认。巴特勒从后主体的不透明性和绽出性剖析了这一论断的原因。在她对卡夫卡笔下格奥尔格形象的梳理,以及对说明自身之不可能性的阐释中,后主体的不透明性已经跃然纸上。这样的不透明意味着存在的不可知(unknowability),意味着面对试图将其同一化、普遍化

---

[1] Judith Butler. *Giving an Account of Oneself*. New York: Fordham University Press, 2005: 24.

的规范，存在总是"溢出"现有范畴。在《重新筹划普遍性》（"Restaging the Universal"）一文中，巴特勒将存在称为"尚未"，即概念性范畴与其实现间的鸿沟。规范对我们具有不可否认的构成性作用，但这样的构成并不是完全饱和的。后主体的不透明性让话语试图捕捉、限制的尝试不断遭遇挫折和打击。在一次访谈中，巴特勒援引福柯的观点，以支持自己的这一论断："在'说出真相的代价'这一访谈中，他精辟地指出：当我们进入一个特定的话语规则或理解规则，我们并没有完全进入，我们并没有被完全建构，而且也没有什么方式可以让主体与特定的理性规则完全同一。"[1] 换言之，当我们只能通过可理解性范畴，在可识别的范围之内去接近本体，任何一种试图全面阐释本体的认识论都必然失败。

如果发生在权力规范之内、以给予可理解性为目标的承认无可避免地会遭遇失败，就意味着绝对、完全的承认的不可达成。因此，在霍耐特看来让他者遭遇鄙夷、贬斥，甚至带来伤害和危险的"误认"，在巴特勒的理论中却是"承认"无法避免的失败。霍耐特认为个体自我实现的过程从根本上来说，由对承认的渴望驱动，成为自己即是一场为了获得承认的斗争，而且这样的承认是某种特定形式的承认，一旦个体所期盼的特定形式没有在承认中得以实现，那就是"误认"，而"误认"是对自我的一种道德伤害。霍耐特区

---

[1] Vikki Bell. New Scenes of Vulnerability, Agency and Plurality—An Interview with Judith Butler. *Theory, Culture & Society*, 2010, 27 (1): 130—152.

分了三种"误认"形式：第一种是对个体身体自主权的侵犯——强暴，后果是打击个体的基本自信，影响其心理的完整和健康；第二种是剥夺个体被视为社会共同体一员的资格，对其进行社会排斥；最后一种是侮辱——贬低个人或集体的某种生活方式、文化信仰，斥其为堕落。

我们可以看到霍耐特和巴特勒理论关切的重合。两者都从人的经历带来的痛苦中看到了它们的社会性源头，并试图从中寻找伦理资源，从而发现承认具有的解放力量，但他们背靠的不同理论出发点让他们给出了不同的"解药"。从对"误认"的定义中可以看出，霍耐特将"误认"视为道德伤害的原因，在于这一行为"破坏了个体行为能力的最基本前提"[1]；而对巴特勒而言，面对不透明的、绽出的主体，认识的有限性决定了所有的承认在一定程度上都是"误认"，是赋予个体能动性的"误认"。由此可见，虽然霍耐特和巴特勒都将承认的无法获得视为伤害和痛苦，将"误认"视为推动伦理思考、规范变革的因素，但前者呼吁通过消除"误认"来给予每一个个体应有的承认，后者却看到唯有解构承认的认识论内核，将承认构想为一个开放性的问题——将对他者的承认保持为"不满足"（unsatisfied）、"未完成"（unfinished）的状态[2]，方能让不透明的、

---

[1] Axel Honneth. Between Aristotle and Kant-Sketch of a Morality of Recognition. *Advances in Psychology Series*, 2005, 137: 41—56 (48).
[2] Judith Butler. *Give an Account of Oneself*. New York: Fordham University Press, 2005: 43.

绽出的、相互关联的后主体避免因无法得到承认而受到伤害。

　　与他异性相遇时，以认识论为内核的"承认"不断追问"你是什么"①。这是对他异性内容的追问，而且永远伴随着预设，预设着某种内在真理，这样的真理赋予他者的他异性以可理解性。以性别为例，具有可理解性的内在真理，在生理性别、社会性别、性向、欲望的一致与连续的基础上建立并保持。一致与连续被视为自然、原初、天然正当。任何断裂都意味着无法被理解，意味着被拒绝、排除、贬低。面对可理解性界限之处发生的暴力，巴特勒看到伦理是关于承认的协商，而这协商正发生在可理解性的界限之处，人们在那里重新思考知识框架之外被抹除、扭曲的他者与我们的关系。

　　巴特勒倡导的伦理责任（responsibility）扎根于后主体间的"关联性"。在《说明自身》一书中，巴特勒提出了"关联性"一词，以强调后主体与他者间相互依存的关系。有学者将这本书视为巴特勒学术研究轨迹伦理转向的标志，但在巴特勒的理论发展过程中，"关联"始终是她研究的关键词，只不过以不同的词语形态出现。在1984年完成的博士学位论文中，巴特勒即提出了"绽出"（ek-stasic）的主体这一黑格尔式的表达。"绽出"意味着外在于自身的后主体、无法自我同一（self-identical）的后主体，这样的状态决定了后主体的不透明性。巴特勒对脆弱特质的论述更揭示了

---

① Judith Butler. *Give an Account of Oneself*. New York: Fordham University Press, 2005: 31.

"存在的暴露",揭示了"存在"一直深深陷入其中的关联性结构。正是这份"绽出"、"不透明"、"脆弱特质"织就的相互依存、彼此依靠的关联之网,构成了后主体间的伦理联系。

对以关联性为基础的伦理责任的讨论意味着视角的位移。"我不是首先因为我的行动而肩负责任;我所肩负的责任源于我原初而无法改变的易受影响性(susceptibility)。我是因为自我的那份先于一切行动、选择的可能性的被动性而肩负责任。"[1] 毕竟,只有通过首先成为他者行为的"对象的我"(me),那个"行动的我"(I)方得以诞生。这份"原初的冲击"(impingement)从一开始就将主体从曾经的中心地位移开。中心地位的丧失,宣告主客二元对立认识论模式对伦理关系设想的失效。

传统伦理以自主、自足的主体为核心对主体的伦理责任展开讨论,而后主体间相遇的伦理义务发生在主体与他性的分界处。前者对主体边界的确认隐含了主客二元对立的思维方式。主体以中心自居,以认识论视角对他者、他性做出评判,要求其叙述自身,与主体相同一。然而,当那个能够叙述自我的主体已然在关联性中消解无踪,从认识论角度出发的伦理评判、同一化承认都只能是假借伦理之名的暴力。

巴特勒提出的伦理责任乃是基于对主体间关联性的接受,以及对主体认知有限性的领会,是发生在主体与他性的分界处对他性的

---

[1] Judith Butler. *Giving an Account of Oneself*. New York: Fordham University Press, 2005: 88.

思考。在分界处的相遇是某种形式上的暴露，暴露于陌生与差异，暴露于冲击与询唤。面对这样的询唤，因冲击才得以存在的"行动的我"的伦理责任是什么？面对这样的要求，和他者一同分享着生命的脆弱不安的"我"的伦理责任是什么？巴特勒的回答是：回应。

身体的关联性存在揭示了身体从诞生那一刻起就处于"暴露"状态，"'暴露'于相互的关系之中，'暴露'于他人的影响之下"[1]。这样的关系和影响构成了一个他者的世界，不受自己控制，不由自己主宰。这就是身体所在的世界，一个我们赖以生存，同时又"以复杂甚至矛盾的形式要求我们做出回应的世界"[2]。与异己因素的遭遇，正是身体对这冲击性世界（impinging world）、对他人做出回应的契机。如果评判所要求的责任（accountability）是对行动、后果的说明与解释，那么基于关联性的伦理责任（responsibility）所要求的是回应，对他者的回应。后主体因他者的召唤而得以存在——从一开始我们就受到了他人言说的冲击与塑造，而言说亦即从他处传来的要求，这要求"道出了我们的责任，并将其强加于我们"[3]。这份责任无关意愿（a will），而是将关联性转变为对他人做出回应的基础。与此等回应的责任携手而行的是宾格的"我"（me），而非那个主格的"我"（I）。

---

[1] 朱迪斯·巴特勒. 脆弱不安的生命：哀悼与暴力的力量. 何磊，赵英男，译. 郑州：河南大学出版社，2013：25.
[2] Judith Butler. *Frames of the War: When is Life Grievable?*. New York：Verso，2009：34.
[3] 朱迪斯·巴特勒. 战争的框架. 何磊，译. 郑州：河南大学出版社，2016：108—113.

第五章 后主体之主体间性
——生命的交织

回到"责任"(responsibility)一词的词源学根源,拒绝以任何认知或道德确定性作为伦理的起点,巴特勒将以情感而不是认识论或形而上学的术语来设想我们与他者、他异性相遇时所背负的伦理责任。在与他者相遇时,关注他者所代表的他异性,直面他者所蕴含的挑战,保持开放并给予情感回应(affective responsiveness)成了后主体所必须面对的伦理责任。这样的责任源于我们与他者间的唇齿相依。毕竟,当关联性成为后主体的生存境遇,无法以认识论同一化的他者不再是后主体的对立面,而是让同一成为可能、得以维系的前提条件,更是一切"尚未"被孕育,继而绽出的肥沃土壤。

这样的责任也源于我们能够感知到当这样的伦理责任被忽视、遗忘时,他异性的他者遭受的暴力。这样的暴力是我们与他异性相遇时,对他异性的否认、愤恨、中伤,此等认识论性质的攻击,同样是对他异性的消解、吸收。巴特勒看到这样的感知并非理所当然。当我们现有的规范框架无法提供理解处于"尚未"状态的绽出的术语,如何超越规范去感知他者遭受的苦难成了承担我们必须肩负的伦理责任的首要关卡。在这样的超越中,对"生命"的感知、对"存在"的理解成为关键。在对"承认"这一伦理术语的梳理中,我们已然可以看到巴特勒对待"存在"的态度。它不是起始点固定的直线延展,而是不能被现有规范"询唤"穷尽的一切可能。"存在"无法穷尽的偶然意味着现有规范对人类生命普遍性假设的失效,意味着重新讲述人类生命的必要,意味着将有关人类、生命、存在的规范框架延伸到其最大限度的必要。

第一节
值得活下去的生命

　　抛弃了认识论,巴特勒以情感术语阐释主体间相遇时所面对的伦理责任,关注在面对绝对的他异性时主体如何感知、回应。情感回应首先是一种情感能力,是感知这个世界,感知与自己截然不同的他异性,并予以恰当回应的能力。同在后主体解放之路中的阐释一样,巴特勒从不将希望锚定于一个权力的化外之地,而总是深深地将掘墓的铁锹插入权力的领地。

　　巴特勒以情感术语规定后主体间的伦理责任时,并非将这份情感能力视为权力真空中的天然存在,而是将其视为仅仅存在于后主体间的二元关系。恰恰相反,权力规范所设定的理解框架意味着伦理关系中大他者的永不缺席,对后主体予以他者情感回应的讨论也正是对如何在框架边缘寻求规范突破的探索,探索如何在后主体与他性的分界处仍然拥有一份感知他异性、回应他异性的情感能力。巴特勒的策略是暴露——暴露权力规范施加给生命的暴力,暴露权力规范如何让这样的暴力披上自然合法的外衣,暴露我们的感知能力如何被悄无声息地控制,暴露我们何以在暴力面前丧失了情感能力。

一、情感与框架

如果对世界、对他者做出情感回应是主体的伦理责任,那么主体面临的伦理问题是:如何回应?何谓道德的情感回应?如何才能具备做出道德的情感回应的能力?在巴特勒的理论视野中,这些不仅是伦理问题或情感问题,而首先是认识论问题,本体论问题。她提醒我们,这份情感回应并不取决于主观状态,恰恰相反,而是源自它处。

在进入巴特勒的理论阐释之前,我们有必要梳理一下"情感"(affect)[①]作为哲学术语的发展渊源。斯宾诺莎是"情感"这一术语的创始人,"情感"是关于动态、生成、差异、变化的概念——"透过情感,我意味身体的改变"。德勒兹同样以生成、差异为关键词展开了他的论述。德勒兹的"情感"强调个体生命与其他的生命体所产生的关系(relations)、连接(connection)、相遇(encounter),更

[①] "affect"这一术语在从斯宾诺莎到德勒兹理论语境中的中文翻译尚无定论,译法包括"情感素""情动""动情"。在这里笔者沿袭《战争的框架》中译本的译法——"情感",因为对巴特勒而言,"affect"更多指权力话语的效果。

突出了"情感"是一种处于变动之中的能力。《资本主义与精神分裂：千高原》一书的英文译者布莱恩·马苏米（Brian Massumi）在该书英译本的"翻译注释与致谢"中对 affect/affection 做出如下解释：AFFECT/AFFECTIO 这两个词都不指代个人感情。L'affect (Spinoza's affectus) 是一种打动和被打动的能力。这是一种前个体的强度（prepersonal intensity），对应于身体从一种体验状态到另一种体验状态的通道，暗示着身体行为能力的增强或减弱。L'affection (Spinoza's affectio) 被认为是受打动的身体和另一个打动他人的身体之间相遇的状态（从最广泛的意义上看，身体包括"精神"或理念的身体）。

进入二十一世纪后，人文社会理论领域发生了"情感转向"（affective turn）。不同于传统上被理解为主观的、有意识的属于"我"的"感情"（emotion），当代的情感理论提出了"发生在意识（awareness）与意义（meaning）之前，非表征的、不受意志支配的"[1] 具身性情感体验（embodied affective experience）。对于这样的"情感"（affect），理论界有两种不同的阐释路径。布莱恩·马苏米认为"情感"源于个体之外，是产生于文化关系中的力，以我们无法察觉的方式进入我们暴露于世界的身体。这样的力是"无法被同化"，"无法被占有，或被识别的，也因此是不能被批判的"[2]。

---

[1] Ruth Leys. *The Turn to Affect: A Critique. Critical Inquiry*，2011, 37（3）：434—472.
[2] Brian Massumi. *Parables for the Virtual: Movement, Affect, Sensation.* Durham：Duke University Press, 2002：28.

蕾切尔·格林沃尔德·史密斯（Rachel Greenwald Smith）并不同意这样的观点，她提醒道："如果'情感'是前意识的、无法描述、无法命名的，那么对于掌握如何强化、引导、编码'情感'的叙述的人或物，有极大的社会政治风险。"①

巴特勒也看到了这种风险，因此，不同于将"情感"理解为切断原有社会或任何知识建构的追捕或联结的前意识，她指出："情感，不仅仅是思考、批判的基础，而正是思考、批判的材料（stuff of ideation and critique）。"② 巴特勒认为，在原初的情感回应的当下，阐释已经发生；而阐释绝非自发、无意识的行为，恰恰是特定可理解性场域所催生的阐释框架的后果。换言之，特定的阐释框架，形构、框定了我们对这个冲击性世界、对他者的情感回应。

框架（frame）是人类学家格里高利·贝特森（Gregory Bateson）提出的概念，经欧文·戈夫曼（Erving Goffman）的阐发进入了社会学领域，意指"一套掌控事件，并掌控事件中主体感受的组织原则"③。在这样的掌控与组织中，框架并非仅为物质现实提供意义范畴；框架建构了物质现实本身，并建构了人们对所谓现实的感知与思考。

"现实"通过表征框架展现在了世人的面前。然而，与其说展

---

① Rachel Greenwald Smith. Postmodernism and the Affective Turn. *Twentieth Century Literature*，2011，57（3）：423—447.
② Judith Butler. *Frames of the War: When is Life Grievable?*. New York：Verso，2009：34.
③ Michael Hechter. *Social Norms*. New York：Russell Sage Foundation，2005：149.

现的是"现实",不如说世人看到的只是"可表征领域";因为展现也同时意味着排除。排除,意味着框架禁止了它们的表征,意味着某些事物悄无声息地被拒于框架之外,"成为了得到表征者的无名背景"①。展现与排除,表征与遮蔽,权力通过表征框架决定了现实——"可感知的现实"(perceivable reality)。

对"可感知的现实"的回应有赖于特定阐释框架的运作。事实上,"可感知的现实"绝非仅仅等待阐释的物质存在,它本身就在进行阐释。戈夫曼认为,通过框架,个体依靠文化模板将某一事件或情境放入一个特定的具体意义范畴中加以阐释。巴特勒更直接地表达道:"框架会暗中引导阐释与解释。"② 这一阐释在"可表征"与"不可表征"间进行划界与区隔之时就已经发生,因为划界即意味着视角的限制,意味着阐释机制的强制介入。

让我们再回到面对冲击性世界和他者"如何回应"、"何为道德的情感回应"的伦理问题。带着"框架"的思考范式,巴特勒已然将这一伦理问题推演成了认识论的问题,因为对世界、对他者情感回应的前提是世界、他者的表征,而表征即意味着框架,框架意味着区隔遮蔽,区隔遮蔽意味着强制阐释。后主体间的相遇,是同样脆弱不堪的生命的相遇;但这样的生命是通过表征框架被呈现为"可感知的现实"的生命,是受制于阐释框架、被强制阐释的生命。

框架受制于规范。古典时期的权力通过"法律"来运作——它

---

① 朱迪斯・巴特勒. 战争的框架. 何磊,译. 郑州:河南大学出版社,2016:143.
② 朱迪斯・巴特勒. 战争的框架. 何磊,译. 郑州:河南大学出版社,2016:48.

划定被允许的领域，通过对越界行为的惩罚而从外部作用于个体。福柯认为，与这样的外部惩戒不同，规范的目标是内在。"它并不在确切与精准的行动之中掌握个体，而是志在包围存在的整体性"①。作为框架运作结果（effect）的生命之认识论背后是管制生命、区分生命的生命规范。生命规范以漫射、间接、微观的方式获得了包围存在的整体性，建立了关于生命的真理。高举"真理"的旗帜，"'框架'在生命的连续统一体中对生命进行区分，将生命划分为可以理解的生命与不可理喻的生命"②。框架内，是"可理解"的"生命"被表征为"人类"的"现实"；框架外，是"不可理喻"的"生命"被排除、遮蔽，成为"人类"的对立面——鬼魅。内与外，是"有资格成为人类"与"丧失成为人类的资格"的区别。

这是本体论上的划界。将某一特定的群体划分于框架之外意味着它们不符合现行的本体论，它们没有达到那些定义何为人类的规范。不符合、不达标意味着它们丧失了享有作为一个完整的人的本体论地位，从而无法在认识论上被认知、感知为一个生命。以性别规范所炮制的身体本体论为例，任何存在如果在身体、性别、性向上无法符合异性恋框架建构的同一、连续，那么这个存在就没有达到现行关于人类的规范，不符合现行关于人类的本体论，最终将落到"何为人类"的框架之外，失去"可以活下去的人类资格"（livablity）。它们的生命配不上"生命"的称号，它们的生命不值

---

① 弗雷德里克·格霍. 福柯考. 何乏笔，等译. 上海：华东师范大学出版社，2017：82.
② 朱迪斯·巴特勒. 战争的框架. 何磊，译. 郑州：河南大学出版社，2016：41.

得活下去（unlivable）。

在后主体间相遇的时刻，当我们所面对的他者被标识为不值得活下去的生命而失去了"活下去的人类资格"，我们如何去理解它是和我们相互依偎的存在、和我们分享着同样脆弱特质的存在？我们如何能够感知它所遭受的暴力，又如何能够具备回应它们的情感能力？相遇中，因他异性而无法被认识论同一的他者，唯有首先被视为值得活下去的生命，他向后主体发出的要求才可能得到回应，那么"如何回应"、"何为道德的情感的回应"的伦理问题已经被巴特勒层层抽丝剥茧，成了"如何认知他者"的认识论问题，成了"何为生命"的本体论质疑。这样的质疑催生了新的伦理问题：追问在特定的权力背景之下，什么样的生命被赋予了成为生命的资格？什么样的生命又被剥夺了这样的资格？在这样的追问中，生命的存在不再是那个具有毋庸置疑的合法性的先验概念，生命的"存在"被揭示为权力运作的选择性结果。

权力的介入让生命规范不再是白色的神话。如果说在以关联性作为后主体间伦理基础的论述中，巴特勒更多考虑的是生命的特质、存在的境遇，那么此时，巴特勒需要用被权力浸淫的术语去描绘生命的规范条件，需要用将权力囊括其中的理论视角去思考他者向我们发出的伦理的要求，去思考如何肩负起我们的伦理责任。

二、《关塔那摩诗集》：生命的脆弱处境

2002 年，美军在古巴关塔那摩湾海军基地设立了关塔那摩湾拘押中心，约有数百名犯人被以恐怖嫌疑分子的身份关押其中。2004年，《纽约时报》刊登的一份国际红十字会报告披露了关塔那摩监狱发生的虐囚丑闻。2007年，17位关塔那摩监狱关押者所作的22首诗歌结集成册，以《关塔那摩诗集》为名，在美国出版面世。

这是一本不同寻常的诗集，而巴特勒的评论也远远超越文学层面，指向战争这一将身体的脆弱特质放大的极端情境中，后主体间的相遇。这本是同样脆弱不安的生命的相遇，然而，当生命遭遇规范、框架的遮蔽、抹除，失去了成为人类的资格，因被表征为"不值得活下去的生命"而被无视时，他们将被感知为"人"之对立面的"魔鬼"，他们的脆弱性将不被感知，他们的要求将不被回应。他们不仅陷入了战争的暴力，更陷入了伦理的暴力。

在沙克尔·阿布都拉欣·阿梅尔（Shaker Abdurraheem Aamer）的诗句中，他质问道："杀人易如反掌？"巴特勒给出的答案有些残酷——"身体从来都不属于自己"[1]。以脆弱的物质形式存在的身体，既不自足也不封闭，恰恰相反，暴露在这个他者的世界，它永远处于"褫夺（dispossession）状态"[2]，脆弱而易受伤害。正是利用了身体的"暴露"特性、"褫夺状态"，施暴者"易如反掌"地将生命置于暴力之下，监禁、虐待、伤害。

当权力成为后主体间相遇发生的理论语境，"褫夺状态"有了

---

[1] 朱迪斯·巴特勒. 战争的框架. 何磊，译. 郑州：河南大学出版社，2016：117.
[2] 朱迪斯·巴特勒. 战争的框架. 何磊，译. 郑州：河南大学出版社，2016：117.

两层含义。第一层含义是源于后主体身体特质的生命之脆弱不安。此等"褫夺性存在"(being dispossessed)[1]是后主体不可否定也无法改变的存在境遇,巴特勒称之为脆弱特质。第二层含义是指主体在社会规范之下所身处的"脆弱处境"(precarity)——放大特定人群的脆弱特质,或剥夺特定人群生命保障权的某种政治境况。这样的褫夺状态是政治规范暴力的后果,主体"成为被褫夺者"(becoming dispossessed)[2]。在这样的处境下,某些生命将遭受更巨大、更猛烈的剥夺性暴力,面临伤害、威胁,甚至失去被视作生命的资格。他们的人性遭遇了否定、抹杀,因为他们不符合关于"人类"的规范,不符合权力搭建的"生命"框架。人性、生命的被褫夺于无声无息间发生。

当沙克尔问出那句"杀人易如反掌?"时,他自己也给出了残酷的回答:"是的,当然!"不仅如此,他也清楚地看到对生命如此这般的掠夺正是以"和平"的名义发生的。在他那首短小的诗歌中,"和平"二字反复出现,与"争论""缠斗""杀戮"形成巨大张力。字里行间,巴特勒读到了沙克尔的疑虑:"和平,他们在说内心的和平?世界的和平?他们在说的是什么和平?"他们是在说和平,但这和平是符合权力规范所规定的本体论的生命才能享有的

---

[1] Judith Butler, Athena Athanasiou. *Dispossession: The Performative in the Political*. Massachusetts: Polity Press, 2013: 2.
[2] Judith Butler, Athena Athanasiou. *Dispossession: The Performative in the Political*. Massachusetts: Polity Press, 2013: 2.

特权，唯有这样的生命，其脆弱特质才能被感知，并得到回应——降低他们陷于"脆弱处境"的风险，为他们的生命带去和平。

然而，为了这样的和平，"他们争论、缠斗、杀戮"。杀戮的是那些落在权力规范所描绘的可理解性框架之外的"非生命"。权力如同指挥棒一般，对所有生命共享的脆弱特质进行了再次分配，一种不平等的分配。某些个体或群体的脆弱特质被放大、被强化，但这放大、强化的结果并不是让他们的脆弱显现、从而得到保护，恰恰相反，是让脆弱特质被遮蔽与消解，因为在权力的认识框架下，他们生命的价值无法被理解，生命的脆弱不安也无法被感知。作为"非人类"，他们的生命不被视为生命，不享有那些维系生命的社会条件。他们是为了另一些生命的和平可以被杀戮、牺牲的"非生命"。

在诗的结尾处，沙克尔的疑虑被替换为震惊。所有的问号积蓄的力量化为了感叹——"是的，当然！他们争论，他们缠斗，他们杀戮——他们在为和平而战！"疑问、不解、紧张、不安在这一瞬间化为荒谬。"和平"的代价是杀戮，被视为"非生命"的他者被置身于"脆弱处境"，"成为被褫夺者"。巴特勒说这是一种非理性的荒谬，在荒谬背后的是那个自足、自主的封闭式主体的自以为是。当后主体已然走出那个启蒙理性所描绘的自我的世界，成为主体即意味着被他者撕裂，被他异性打断。巴特勒用关联性来强调自我在构成上的残缺和不完整——"我"就是"我"与他者的关系，

"没有他,我无处安身"①。在这样的关联性逻辑中,当生存有赖于维系生命的社会条件和社会制度时,"我"反对如此条件与制度的不平等分配,因为在我们所共享的存在境况——生命的脆弱特质基础上,今天他者所遭遇的不公,某一天也同样会发生于"我"。

权力通过规范设立的框架试图为生命划分界限,原本相同脆弱的生命因权力的区分而在维系生命的社会条件中被区别对待,同时更让我们忘记他者和我们一样是脆弱而不安的存在。这是权力的暴力,这是对生命(不仅是对他者的生命,也是对"我们"的生命)的暴力。正如巴特勒所不断提醒的那样:当一个人的存在不是先验、终极的确定,而是一直由与他者的微妙平衡所构成和维系时,存在永远是"我们"的存在。我们必须以与他者的关联性来设想这个世界——与他人一起行动,以及被他异性打断。我们所肩负的回应他者的伦理责任,是回应他者对生命的要求——滋养在权力暴力下被视为不值得存在的生命,扩大可能的生命的形式,为一切脆弱的生命提供让生命充满活力的社会条件。在巴特勒看来,脆弱性既是人类共同的存在境遇,也是伦理工具,它让我们能够理解和我们一样具身性暴露的他者的生命中我们的含义,具备情感的能力去回应他者对生命的要求;对脆弱处境的强调更让我们的伦理责任具象化——回应他者对生命的要求即意味着承认他者的生命,为他者的生命提供社会条件。

---

① Judith Butler. *Precarious Life: The Power of Mourning and Violence*. New York: Verso, 2004: 49.

第二节
可堪哀悼的生命

通过对脆弱特性与脆弱处境两个理论术语的区分,巴特勒揭示了对生命感知的缺席是特定权力建构的基于所谓本体论真理的认识框架的结果。当现有关于生命的本体论规范、认识论框架无法回应他者对存在的要求,那意味着我们需要新的规范、新的框架,更谨慎看待生命的规范与框架。巴特勒创造了"可堪哀悼"(grievability)这一概念,指涉逝去的生命在规范与框架中被赋予的意义,厘清我们对"人"、"生命"的理解。她将概念范畴与其现实间的差距描述为"未来的承诺"[1],这是一个把存在视为无法穷尽

---

[1] Judith Butler. Restaging the Universal: Hegemony and the Limits of Formalism// *Contingency, Hegemony, Universality*. Butler Judith, Laclau Ernesto, Žižek Slavoj. New York: Verso, 2000: 32.

的可能的未来,这是一个承认一切生命的未来。为了重塑这样的未来,巴特勒一方面将希望寄托于规范的一次次述行中关于"人"的框架的表达与抛弃,毕竟"当我们与世界进入一个了解彼此的相遇过程,不论是认知主体还是世界,都因为知识的述行被消解又被重塑"①;另一方面试图在悲伤这一情感体验中协商"生命"这一范畴,因为在巴特勒看来正是悲伤这一情感状态打破了主体的封闭界限,暴露了主体与他者的关联,揭示了主体的脆弱,也曝光了认知框架的脆弱。

一、匿名的逝去与缺席的哀伤

在《脆弱不安的生命:哀悼与暴力的力量》一书中,巴特勒对比了两种生命的逝去——被哀悼的与匿名的。前者是2002年在巴勒斯坦被绑架并斩首的《华尔街日报》记者丹尼尔·帕尔,后者是在以色列军队发起的进攻中被杀害的两个巴勒斯坦家庭的平民。同样是在暴力中失去生命,丹尼尔获得了声势浩大的公开悼念,而对巴勒斯坦平民的一篇悼文在《旧金山纪事报》的工作人员看来却会"冒犯"公众。谁的逝去被允许追思?谁的逝去可堪哀悼?

巴特勒看到生命逝去后的哀悼不仅是向生命告别的仪式,更是赋予生命意义的仪式。哀悼意味着将有一种逝去被视为损失,意味

---

① Judith Butler. Restaging the Universal: Hegemony and the Limits of Formalism// *Contingency*, *Hegemony*, *Universality*. Butler Judith, Laclau Ernesto, Žižek Slavoj. New York: Verso, 2000: 19—20.

着承认逝去的生命对"我们"的价值与意义。因为哀悼,逝者的生命被认为是重要的,他/她被视为社会的一份子,他/她是"我们"的同类,是和"我们"一样的"人"。然而,当这样的仪式缺席时,承认也同样缺席,逝去成为匿名。没有哀悼就没有逝去,没有逝去又何来生命呢?

哀悼对于巴特勒而言是承认生命、赋予人性的仪式,而对一切生命可堪哀悼性的强调正是让一切生命得以在关于人类、生命的规范话语、理解框架中浮现的理论化努力。从同样在暴力中被杀害的丹尼尔·帕尔和两个巴勒斯坦家庭的平民逝去后的不同遭遇可以看到,可堪哀悼性具有等级次序。这个次序从表面看是关于什么样的逝去可以在公共话语中出现并得到社会的哀悼,在深层次则是控制"人类资格"的规范框架。这是一个能够"褫夺人性"的话语限制。它发生在主体与他者间"话语世界的界限之处"[①]。界限之内是丹尼尔·帕尔——"他是如此易于纳入'我族'范畴,他符合'人类'框架"[②],他的生命被视为生命,有价值、值得被保护的生命。界限之外是两个巴勒斯坦平民家庭的父女、母子——在划定的关于人类的本体论规范中他们不享有人类的本体论地位,他们的生命不被认

[①] 朱迪斯·巴特勒. 脆弱不安的生命. 何磊,赵英男,译. 郑州:河南大学出版社,2013:30.
[②] 朱迪斯·巴特勒. 脆弱不安的生命. 何磊,赵英男,译. 郑州:河南大学出版社,2013:31.

知、感知为生命。"在报章的沉默中,没有事件发生,没有任何失去"①,他们的人性被褫夺。

在沉默中被褫夺的不仅有他者的人性,还有主体赖以维系自身的"关联性"。在巴特勒的理论中,"哀伤"(grief)并非某种由个人所拥有的私密情感。以弗洛伊德的理论为基础,她指出这一情感由经验主体释放,却与经验对象紧密地捆绑在一起②,它永远来自自身之外,只能被经验、被感受,代表着我们与外在的关联。在哀伤中,"我们体验到自身无法控制的事物,我们发现自己情感失控,难以自制"③。此时,我们感知到失去他人带给我们的不安与干扰,体会到主体性边界的断裂,意识到自身与他人的关联,自足、自主的幻象被打破。走出那个虚构的自足、自主所想象的圆满(closure),我们外在于自身,看到自身的脆弱,回到了被"褫夺"的状态——我们永远无法逃离最基本的生命处境。

关联性结构、褫夺状态对自我意识至关重要,因为"我"就是"我"与他者的关系。这样的关系并不意味着某种实际的相遇,而是我们与他者联系的可能性。这样的可能性是自我意识和作为主体存在的核心。当哀伤缺席,遗失的不仅是那匿名的逝去中特定的

---

① 朱迪斯·巴特勒. 脆弱不安的生命. 何磊,赵英男,译. 郑州:河南大学出版社,2013:31.
② Judith Butler. Afterword: After Loss, What Then? // *Loss: The Politics of Mourning*. David L. Eng & David Kazanjian. California: University of California Press, 2003: 467—474 (471).
③ 朱迪斯·巴特勒. 脆弱不安的生命. 何磊,赵英男,译. 郑州:河南大学出版社,2013:23.

"你",还有一个"索引式的你"(indexical)的可能性。当这样的可能性被遗失,"没有你,我不能成为我"①。

综上所述,在巴特勒的理论中哀伤不再是从世界撤退的个人情感,相反,它的权力内涵、伦理内涵让巴特勒相信,通过哀伤我们能深入地参与到社会生活之中,形成社群并成为其中一员。以哀伤为棱镜,被赋予意义的逝去与必须被匿名的逝去间关于"人"与"非人"的生命价值的鸿沟显现。以哀伤为棱镜,主体所谓的圆满被揭示为虚幻,与他者间相互依存的关联被照亮。这样的内涵让巴特勒看到了哀伤缺席时的暴力,更看到了哀伤的力量。这是对他者的暴力——在匿名的逝去中,人性被褫夺;也是对自身的暴力——在假想的圆满中失去与他人的关联。正是因为暴力的暴露,巴特勒看到在逝去、哀伤的经历中包含了一种伦理和政治上的可能性——在可哀悼与不可哀悼的分界处,协商他者对我们的价值与意义,协商什么样的逝去是一种损失,协商"人类"这一范畴的规范与框架。在协商中,"以人的名义,允许人类成为不同于他们传统上被认为理所当然应该的样子"②,让人类这一范畴重获新生。

二、阿布格莱布虐囚照片:苦难与哀悼

坐落在巴格达旁、始建于二十世纪七十年代的阿布格莱布监狱,在萨达姆统治时期被用于关押平民,因在西方世界被表征为酷

---

① Judith Butler. *Frames of War: When Is Life Grievable?*. London: Verso, 2009: 44.
② Judith Butler. *Undoing Gender*. New York: Routledge, 2004: 35.

刑暴政的代表而臭名昭著。然而，在这一萨达姆恐怖帝国象征的阿布格莱布监狱流出的照片中，美军成了施暴者，被羞辱的是所谓的"恐怖分子"，世界为之哗然。照片让他者所遭遇的苦难真切地呈现在我们眼前。面对他者的苦难，尤其当这他者是西方社会树立的绝对他异性时，人们该如何感知又如何回应？巴特勒看到了照片内外他者的苦难与哀悼间的冲突，也看到了在值得/不值得活下去的生命与是/否可堪哀悼的逝去的边界，协商"人类"这一范畴的伦理可能性。

巴特勒在照片所传递的他人的苦难中寻找协商的可能性，然而苏珊·桑塔格（Susan Sontag）在1977年出版的《论摄影》（*On Photography*）中却对这样的可能性表达了悲观的论调。作为文化批评家，桑塔格也一直在思考如何对发生在远方的苦难做出"恰当的回应"（appropriate response）。① 1966年3月桑塔格在洛杉矶和平塔前发表的演讲中，督促听众们承认他们与越南人之间的距离，承认这距离导致的无法感同身受："此刻，我们站在这里的时刻，婴儿在汽油弹中燃烧，年轻人——不论是越南人还是美国人——像树一样倒下，面朝黄土，永远地躺在泥地里，而活着的我们，没有遭受毒气、烧杀的我们在这里——不在那里。"② 在"这里"与"那

---

① Susan Sontag. *Against Interpretation and Other Essays*. New York: Farrar, Straus and Giroux, 1966: 4.
② Susan Sontag, Speech at the Artist's Tower Dedication. Los Angeles Free Press, 1966: 4—5.

里"、"活着"与"死去"的区分中,桑塔格强调认同他者所遭受的苦难的困难——在"这里"意味着不在"那里","死去"则意味着不再"活着"。由此,她更多的是要求"这里"的我们意识到自己如何幸运地免于苦难,而不是要求我们去弥合与他者间的鸿沟。在关于他者苦难的照片内外,正是"这里"与"那里"的区分。

桑塔格从两个方面论述了照片内外自我与他者间无法弥合的情感鸿沟。首先,她将照片放入一个共时的视野去审视,认为照片具有传达功能,却无法提供关于世界的陈述,不过是被观者误认为是现实的碎片。满世界旅游的游客以为照片提供了快乐的确证,桑塔格却指出它"同时也是一种否定经历的方式"[1],以碎片化、静止、凝固代替了现实。其次,桑塔格认为揭示他者苦难遭遇的照片可以传达情感,却"不可能创造道德立场"[2],因为照片或者浪漫化灾难,会让苦难变为陈词滥调,失去激发震惊感、触动道德责任感的力量。

如此的悲观论调看似与巴特勒的论调相去甚远,但她们却共同分享着将他者视为绝对他异性的理论立场,而拒绝简单的移情、同一,将希望放在"反思"(reflection)之上。在2003年出版的《关于他人的痛苦》(*Regarding the Pain of Others*)中,桑塔格说"同情心宣布我们的清白,同时也宣布我们的无能",应该做的是以这影像为"最初的火花","转而深思我们的安稳怎样与他人的痛苦

---

[1] 苏珊·桑塔格. 论摄影. 艾红华,毛建雄,译. 长沙:湖北美术出版社,1999:20.
[2] 苏珊·桑塔格. 论摄影. 艾红华,毛建雄,译. 长沙:湖北美术出版社,1999:28.

处于同一地图上"。① 在这样的表达中可以看到桑塔格同样分享了巴特勒对生命共同脆弱性的理论主张。巴特勒正是以人类共有的生命脆弱性为理论基石，试图以虐囚照片展现出的"这里"与"那里"间生命资格、逝去之可堪哀悼性在权力规范中被划分为三六九等的现实，激发人们的反思，思考如何在可理解性的界限处，向我们知识框架之外的他异性开放，如何创造让一切脆弱的生命享有减少沦入脆弱处境的可能性的社会条件。

在巴特勒的理论中，生命不是一个自然的生物学概念，这也是为何她会反对吉奥乔·阿甘本（Giorgio Agamben）对"赤裸生命"的阐释。生命，是规范框架的结果，是权力通过划界区分运作的结果。只有被承认的生命才是生命。这一承认，巴特勒选择到赋予生命意义的苦难、死亡、逝去中去寻找，选择到生命出现、持续的条件——哀悼中去寻找，因为正是这发生在某个未来时刻的哀伤证明了失去的确定性存在，并让生命的价值浮现。死亡的确定性在生命之初就得到了确认——"一个生命将曾经存在过"，正是这份确定性让生命充满意义。没有死亡，生命的意义也就随之消失。而哀悼则是对死亡的确认，同时也是对生命的承认。理解生命可堪哀悼的特质，意味着理解生命共有的被褫夺状态、与生俱来的脆弱特质；同时也意味着理解生命身处脆弱处境，面对随时可能"淹没于公共

---

① 苏珊·桑塔格. 关于他人的痛苦. 黄灿然，译. 上海：上海译文出版社，2018：94.

话语的遮蔽"①的危机。这份理解成了一份伦理责任。在阿布格莱布虐囚照片中,巴特勒看到摄影"预知过去的能力"提供了"打破了拒斥否认的机制,从而也让悲愤的情绪扩散开来"的可能,因为,摄影凭借自身同生命必死的未来的关系,确立了生命得到哀悼的可能、未来、资格与权利。②

巴特勒将这样的能力命名为"预知过去"。它源自照片的两种时态——"每一张摄影肖像都使用着两种时态:它既能记载下已经存在过的事物,又能确定将要发生的事情"③。罗兰·巴特在《明室:摄影纵横谈》中将摄影定义为"证明",证明"这个存在过"。④与永远以现在进行时态叙事的电影不同,照片的时态是强调瞬时的过去时(aorist tense)——呈现一个真实存在的拍摄对象的绝对过去。如果将拍摄对象所处的时空称为"那里—彼时"(there-then),将观看者所处的时空称为"这里—此时"(here-now),那么照片展示的是身处当下空间的绝对过去(here-then)。

绝对过去的状态,让照片与死亡联系在了一起。爱德华多·卡达瓦(Eduardo Cadava)在《光之语:关于历史摄影的论文》(*Words of Light: Theses on the Photography of History*)一书的序言中写道:"照片总是沾着死亡的气息,这是说照片让我们有机

---

① 朱迪斯·巴特勒. 脆弱不安的生命:哀悼与暴力的力量. 何磊,赵英男,译. 郑州:河南大学出版社,2013:29.
② 朱迪斯·巴特勒. 战争的框架. 何磊,译. 郑州:河南大学出版社,2016:180—184.
③ 朱迪斯·巴特勒. 战争的框架. 何磊,译. 郑州:河南大学出版社,2016:178.
④ 罗兰·巴特. 明室:摄影纵横谈. 赵克非,译. 北京:文化艺术出版社,2003:139.

会一瞥那个本不属于我们的过去。"① 但在罗兰·巴特看来，照片中弥漫的死亡气息不仅在于这是对过去的一瞥，更在于照片"在生命的绝对过去状态中树立将死的未来"②。不论是照片中靠着牢房墙壁，等待即将到来的死刑的刘易斯·佩恩（Levis Payne），还是"冬园"中幼年时的母亲，他（她）们都将要死去。"每一帧照片正是这场灾难，无论相中人是否已然故去"，因为"我同时看出：将要发生的事和已经发生的事；我惊恐地注视着一个先将来时要发生的情况，这个先将来发生的情况涉及的是死。这张照片给我看的是慢速曝光的绝对过去的，但告诉我的却是未来的死亡"。③

罗兰·巴特所说的惊恐在巴特勒的阐释中被升华为哀伤。死亡，在照片中看似凝固的时刻被激活，生命的终将逝去把生命曾经存在的事实带到了眼前。"过去"的"那里—彼时"的生命在"这里—此时"被赋予了意义与价值。这一刻，过去被预知。在彼时—此时的穿梭中，死亡被标记为一个事件，从被无视、匿名到被感知、承认。它召集我们，在生命的名义之下，聚集在一起，鼓励我们反思社会关于生命的权力规范与价值框架，反思规范、框架带来的对生命的暴力。

阿布格莱布监狱美军虐囚照片正提供了这样的契机。它们创造

---

① Eduardo Cadava. *Words of Light: Theses on the Photography of History*. Princeton: Princeton University Press, 1997: xxviii.
② 朱迪斯·巴特勒. 战争的框架. 何磊, 译. 郑州: 河南大学出版社, 2016: 179.
③ 罗兰·巴特. 明室: 摄影纵横谈. 赵克非, 译. 北京: 文化艺术出版社, 2003: 174.

了这样的时刻让"那里—彼时"加之于他者的暴力、他者遭受的苦难,在"这里—此时"被我们感知。通过对暴力、苦难,以及由此引发的死亡事件的回返,照片"能提前确立'逝去'得到承认的时刻"——"有人将曾经活过"[①]。对死亡的承认,意味着对生命的承认,而这份承认意味着生命的逝去将会得到哀悼。能"预知过去"的照片里蕴含着生命可堪哀悼的秘密,也蕴含着生命获得哀悼的可能。

虐囚照片所激活的对"那里—彼时"生命的"预知",在巴特勒看来不是为了证明照片中遭受暴力、苦难、死亡的生命符合现有关于人类的规范框架,也不是为了呼吁将照片中的他者纳入现有的可堪哀悼性的等级序列之中。相反,它们通过扰乱现有关于生命资格、可堪哀悼性的规范等级而要求对这一序列的反思,要求对人类这一规范范畴的反思,要求将其设想为向一切他者所代表的他异性的开放。

① 朱迪斯·巴特勒. 战争的框架. 何磊,译. 郑州:河南大学出版社,2016:180.

第三节
相互交织的生命

不论是对生命活下去的资格的讨论,还是对生命可堪哀悼性的强调,巴特勒的最终目标都是通过对权力规范的批判,让后主体间的生命相互交织。在巴特勒的理论中,规范从来都不是静止的实体,而是在不断被征引的过程中一次次述行,从而被吸收、被自然化的结果。在与他者所代表的绝对他异性相遇时,理解他者与自身分享的生命的脆弱性,理解框架之外悬而未决的"生命"活下去的诉求,哀悼被框架遮蔽的、匿名的逝去的"生命",所有这一切伦理诉求的达成都基于对框架边界的协商,尽力将这一边界推到它所能够延展的最远端的可能性的实现。

一、阿布格莱布虐囚照片:框架的解构与重建

桑塔格在谈到照片与现实时说:"摄影师们的工作对于艺术与

真实之间往往是遮蔽性的交流。"① 摄影是对现实的挪用，但在显、隐之间，它规定了观看的标准，同时创造了现实。这也是桑塔格质疑反映他者苦难的照片所可能产生的伦理作用的原因。照片中呈现的他者苦难能否引发对现有伦理规范的思考，不仅仅取决于观看者的感情、态度，因为他们的感情与态度同样受到社会情境、规范、框架的制约。然而，也正如桑塔格所写，"照片自己什么都不会解释，但它会不倦地邀请人们去进行演绎、推测和想象"②。巴特勒再次回到述行理论中对"重复""征引"的强调，论证现有关于生命的规范框架被抛弃与颠覆的可能，从而在权力理论中为"如何让框架之外悬而未决的'生命'获得可理解性？如何让框架之外魑魅魍魉的死亡得到哀悼？"这类伦理问题的回答找到出路。

正如前文对表征框架、可表征领域的阐述所指出的，在阿布格莱布虐囚照片的框架后，是权力关于"人类"、"生命"或明显或隐蔽的规范——"谁的生命值得怜惜、呵护、哀悼？谁的生命不然？"在"人类"、"生命"的物质现实之下是关于生命认知、承认的话语规范。规范通过对自己生产对象的伪装和时空位移来为自己建构一个符合时间逻辑的合理叙事，通过"调用叙事声音和叙事权威"，实现对"律法之前"的述说、对"前历史"的叙事，实现自然化、合理化、物质化的现实建构。框架内，是"可表征领域"，是关于"人类"的"现实"；框架外，是"不可表征领域"，是"人类"的

---

① 苏珊·桑塔格. 论摄影. 艾红华，毛建雄，译. 长沙：湖北美术出版社，1999：16.
② 苏珊·桑塔格. 论摄影. 艾红华，毛建雄，译. 长沙：湖北美术出版社，1999：34.

对立面——鬼魅。内与外,是"有资格成为人类"与"丧失成为人类的资格"的区别,也是"可哀悼的生命"与"不可哀悼的生命"的分野。在规范无形的指挥棒下,在受到框架排除、隐蔽之后,"现实"呈现于观者面前,供其观看、感知,并刺激其做出情感反应。如此这般,框架不仅规定了图像本身,"还建构了人们的感知与思考"①。

如果"现实"不过是框架作用的效果,如果照片本身已经是叙事所在,如果它本身就在进行阐释,甚至是强制阐释,这是否意味着框架叙事的必然成功,意味着强制阐释的凝固永恒,意味着情感反应的被动与限制?巴特勒的回答是否定的。照片的叙事在快门按下那一过去的时刻开始,但绝不是终结。作为权力运作实现方式的框架,它绝非静态,一方面规范的内在结构特性成就了再意指的可能性;另一方面摄影作品自身具有的空间动态不断创造新的语境、催生新的阐释。"图像本身流传散播的无限可能可以让事件继续上演"②。规范有其强制性,但并不意味着所向披靡。在《身体之重》中,巴特勒通过区分"述行"和"表演"来说明前者的强制性,但同时提出了"商议"的可能,因为那些被区分,继而被排除、隐蔽的鬼魅会不断地干扰那些规范,破坏它们的有效性,暴露它们的界限。为了保证自己的有效性,规范需要不断地重复自身,但每一次

---

① 朱迪斯·巴特勒. 战争的框架. 何磊, 译. 郑州: 河南大学出版社, 2016: 141.
② 朱迪斯·巴特勒. 战争的框架. 何磊, 译. 郑州: 河南大学出版社, 2016: 162.

重复又增加了干扰、破坏、暴露的机会,增加了无效性的可能。①相比"强制性"、"有效性",巴特勒一如既往地更希望突出另外两个关键词:"重复性"、"无效性"。

规范,为了权威的建构,需要不断被征引。"可重复性"成了它的内在结构特性。但这样的结构特性在建构有效性的同时也意味着不确定性,意味着失效的可能。与重复携手而来的增补、延异,意味着意义的不断产生、流变,意味着对规范一次又一次的"绝对的重新占用"。重复是差异中的重复,而规范在重复中转向他者。由此,"可重复性"既是规范有效性的条件,也是其无效性的缘由——意在巩固、强化其权威的重复,成为裂隙孕育的场所。在虐囚照片无限扩散的过程中,巴特勒看到空间的扩展、事件的延宕,每一个当下都是规范、框架的征引、复现;这样的征引与复现成就了框架、规范的不断延异,不断指向自身之外。

空间、事件,传播、扩散,框架、规范远远走出了最初的语境,在延异中具有了空间动态。在阿布格莱布虐囚照片的传播扩散中,框架走出了拍摄发生的监狱内部的空间语境,在一次又一次的展示、审查、讨论中进入不同的"建构性外在"。框架不断从最初的语境中出走,不断"再语境化",向另一个语境敞开,服务于各异的目的,以多样的媒介形式呈现,创造出新的语境,进入新的话语框架——空间动态之中,"相片催生了新型的注视方式,不再是

---

① 朱迪斯·巴特勒. 身体之重:论"性别"的话语界限. 李钧鹏,译. 上海:上海三联书店,2011:237.

渴求场景不断重复的凝视"①。

　　在规范的重复性和框架与外部语境的空间动态之外,框架显隐之间的结构动态也让再叙事、再阐释成为可能。阿布格莱布虐囚事件中充斥着特定规范的运作。这些规范是关于"人类"、"人类身份"、"人类资格"的话语。它们决定何为人类,如何取得人类身份或者人类资格。只有取得了这样的身份,获得了这样的资格,他/她们的生命才被视为生命,当生命逝去时才可以获得哀悼。区分、显隐已是不争的事实,但在这"可"与"不可"之间,"全面的包容与彻底的排除绝非仅有的两种办法"②。那些在抹杀人性的暴力之下支离破碎的"人类",那些逝去后只能得到遮遮掩掩哀悼的"生命"——正是这支离破碎、遮遮掩掩,成了异质能量,与规范、话语、"可表征领域"形成了张力。异质,是框架所排除的,但同时又是框架所需要的,因为它们的存在维持了可与不可的边界。异质,作为框架的建构性外在,同时也成了动摇框架的起点——原本的理所应当可能在这遮掩中迟疑,原本的稳固可能在这不确定中动摇。在如此张力引发的结构动态中,"那些遭到排除却又嵌入框架本身的事物"③让新的阐释、不同的情感回应成为可能。

　　在规范的内在可重复性中,在照片的空间动态、结构动态中,规范、框架不断暴露于冲击下,有时能成功述行,有时也被宣布无

---

① 朱迪斯·巴特勒. 战争的框架. 何磊,译. 郑州:河南大学出版社,2016:171.
② 朱迪斯·巴特勒. 战争的框架. 何磊,译. 郑州:河南大学出版社,2016:146.
③ 朱迪斯·巴特勒. 战争的框架. 何磊,译. 郑州:河南大学出版社,2016:147.

效。暂时被撕开的裂隙意味着框架的失效，意味着能够提供不同叙事、阐释可能的框架得以建立。这个不同的框架不仅传递新的信息，刺激新的感知方式，更激发不同的情感回应。而每一次再叙事、再阐释、再感知创造的再批判的可能性让巴特勒信心十足地宣布，"规范介入框架乃至更宏观传播路径的方式全都亟待质疑，因为它们无法有效管制大众的情感、义愤与伦理回应"①。

二、《关塔那摩诗集》②：生命的交织

从后主体到后主体间，巴特勒一如既往地坚持着对启蒙运动以来所推崇的自主、自足现代主体的批判。后主体的绽出状态决定了后主体的社会性存在——后主体间的关联性。关联首先是身体间的紧密关联——彼此依存，又相互暴露，脆弱不安成了存在的基本境遇。后主体间的关联为生命提供保障，同时也带来威胁；它维系着生命，也可能将生命置于不幸之中。对关塔那摩监狱中的囚犯而言，显然身体间的相互暴露将他们置于了危险的境地。对于他们而言，生命脆弱不安的特质被聚焦、放大，被置于极端的脆弱处境。在驻守关塔那摩监狱的美军的眼里，他们的生命没有得到承认，因为他们的生命不值得活下去，即使逝去也不足以哀悼。这样的相遇

---

① 朱迪斯·巴特勒. 战争的框架. 何磊，译. 郑州：河南大学出版社，2016：150.
② 本书中《关塔那摩诗集》选段均来自：Marc Falkoff. *Poems from Guantanamo: The Detainees Speak*. Iowa City：University of Iowa Press，2007. 若无特别注明，均为笔者翻译。

是无数与他异性相遇中的一个场景。如何在这样并不令人乐观的相遇中，体会巴特勒所阐释的他者加诸于我们的给予情感回应的伦理诉求，想象她所描绘的伦理的未来？在受困于关塔那摩监狱的囚徒们写下的诗歌中，巴特勒找到了信心——"诗歌本身提供了别样的道德回应与理解方式"①。

诗歌是情感的表达，在诗集里字里行间情感的层层推进中，巴特勒看到陷于悲伤、体验着孤寂、遭受着失去的"诗人们"并没有蜷缩在自己的情感天地里自怨自怜。相反，"悲伤、失去与孤寂的巨大力量化成了诗歌的反抗利器，挑战并冲击着个体的自足与主宰"②。

借用共通的情感表达手法，阿拉伯语世界的诗歌先辈和他们站在了一起。诗歌在阿拉伯语世界作为一种社会艺术拥有悠长的历史。巴特勒从《关塔那摩诗集》中反复出现的阿拉伯诗歌常用的抒情手法——重复发问中，看到了阿拉伯先辈诗人的陪伴。

虐待、痛苦、屈辱，在诗歌中，遭遇了这一切的诗人们在诗歌中不断追问。施虐人口口声声说和平，沙克尔想知道：和平是什么？

心平气和？

世界和平？

---

① 朱迪斯·巴特勒. 战争的框架. 何磊，译. 郑州：河南大学出版社，2016：122.
② 朱迪斯·巴特勒. 战争的框架. 何磊，译. 郑州：河南大学出版社，2016：122.

> 什么和平？
>
> 他们在追求什么和平？
>
> 为何杀戮？意欲何为？
>
> 只是争论？为何争论？
>
> 杀人易如反掌？这就是其所求？

黑暗日子，日复一日，奥萨姆·阿布·卡布尔（Osama Abu Kabir）想知道：这样的日子什么时候是个头？

> 雨后草会再次生长，这是真的吗？
>
> 春天花儿会再次盛开，这是真的吗？
>
> 迁徙的鸟儿会再次回到家乡，这是真的吗？
>
> 鲑鱼们会再次游回出生的溪流，这是真的吗？
>
> 但，有一天我们能离开关塔那摩，这是真的吗？
>
> 有一天，我们能回到我们的家，这是真的吗？

重复发问这一抒情手法的运用，让巴特勒看到诗人们对民族诗歌传统、情感抒发传统的不断回溯。即使在情感这一常常被视为最私人、隐秘的感受的表达中，诗人们也与他人共享着一种表达方式。但这又不仅仅是诗歌形式的借鉴，不仅仅是抒情手法的引用，更是生命间的关联——情感的关联。问题的提出意味着对回答的追寻，意味着向他人发出召唤。召唤他人体会诗人的困境：为何身体总是陷入脆弱境地？为何生命会遭遇不公？为何对他人可以施以如此暴行？更召唤他人做出回应：当这样的困境是脆弱不安的生命共同面对的困境，每一个人都充盈着"揭露真相的深层冲动"[①]。

和诗人们站在一起的不仅有阿拉伯语世界的诗歌先辈，还有处于同一时空的众人。巴特勒注意到在一首名为《我写下自己隐秘的欲望》（I Write My Hidden Longing）的诗中，作者诺埃米（Noaimi）试图写出在这煎熬中内心深处的痛苦，但和标题中的"隐秘"二字恰相反，诗歌中写道：

　　他人的渴望化为泪水，冲击着我
　　我的胸口难以承受如此沉重的情感

这已经不再是仅仅属于我的情感与欲望，而是同时来自他人。这份情感让人难以承受，因为它不仅仅源于我的苦难，更源于众人的苦难，不仅仅有我的渴望，更有众人的渴望。这来自众人的渴望汇成"洪流"，冲向"他们"，冲向"我们"；这来自众人的眼泪，淹没了"他们"，也淹没了"我们"。这是任何个体都难以以一己之力承受的情感，这是冲破了那虚拟的个体界限，源于众人的情感。

共同的恐惧、共同的情感，可这份恐惧、情感如何能被感知，被理解，被回应？萨米·哈伊（Sami al Haj）面对屈辱，质疑语言的可能。

　　我在枷锁中经受屈辱

[①] 朱迪斯·巴特勒. 战争的框架. 何磊, 译. 郑州：河南大学出版社, 2016：121.

此刻我如何作诗,如何写作?

但在巴特勒看来这样的质疑本身就是诗歌,尽管它们最初只是被诗人用小石子刻写在泡沫塑料水杯上,只是在囚室间流传。刻写中,遭遇囚禁的身体创造了痕迹,留下了生命的记号;流传中,这"孤独发出的脆弱呼声"以呐喊的形式传递给他人。刻写与传递的诗句不仅诞生于屈辱,承担着悲伤,更诞生于身体的顽强不息,承担着生命的呼吸吐纳。字字句句最终超越了自身的意义,它们是见证者,见证生命的脆弱不安,也见证生命的顽强;它们是抵抗,是对身体所处不公脆弱处境的抵抗;"它们是呼喊,是重塑社会关联的努力"[1]。字字句句打破孤独的枷锁,"传达出别样的团结,展现了生命在众声喧哗中相互交织的景象"[2]。

---

[1] 朱迪斯·巴特勒. 战争的框架. 何磊, 译. 郑州: 河南大学出版社, 2016: 124.
[2] 朱迪斯·巴特勒. 战争的框架. 何磊, 译. 郑州: 河南大学出版社, 2016: 127.

结语

从表征到意指,从同一到承认

作为美国当代最具代表性的后现代主义理论家之一，巴特勒坚定地捍卫着后现代话语反本质主义、反二元对立的理论立场，决绝地与笛卡尔式的现代理性主体分道扬镳，但同时又拒绝将主体架空于权力话语搭建的空中楼阁之上。巴特勒的"后主体"不是自由的意识，也不是没有灵魂、空洞的符号。"后主体"是有限性的存在，受限于身体有死性的脆弱，以及由脆弱性而引发的与他者的先在关联。这样的关联是绝对他者要求的臣服，是他性被"忧郁地吸纳"，也是他人发出的伦理要求。当这样的关联被全盘否定，自主、自足的现代主体诞生了；当这样的关联中只有臣服被聚焦放大，他性、他人的遗忘带来的是凝固的规训主体。巴特勒的"后主体"思想正是要恢复这些在不同的主体理论中被遗忘的关联，并赋予这些关联新的理论内涵，于是我们看到了那个与绝对他者相互成全、与他性一体相关、与他人唇齿相依的"后主体"。他性的幽灵跃跃欲试地揭穿同一的虚假，绝对他者对不断述行的内在要求提供了断裂、偏离的可能，他人对回应的吁请要求一个向"未知"开放的未来。

在巴特勒分享后现代主义坚决拒斥同质、单一、连续、普遍的基本立场的同时，她也深刻地体认到后现代理论对差异、他性、断裂、非连续的推崇与强调可能将其导入困境。这样的困境是在确定中心被瓦解、稳固秩序崩塌造成的支离破碎带来的短暂狂欢后的忧虑与迷茫。忧虑着脚下没有坚实基础而支离破碎的社会"随时都有可能被一场不期而至的风暴所摧毁"①，迷茫着逻各斯中心被揭示为虚妄，失去了确定性、稳定性的人类到何处去寻找人生的意义与价值？巴特勒以"主体"这一现代性最伟大的成就为靶向，向同一性、确定性发起攻击的同时，更致力于让这样的否定成为积极的否定，成为建设性的否定。由此，我们在巴特勒的后主体文艺批评中看到在揭穿理性主体信仰的缥缈之时，霸权话语连续、稳固的假象也被"述行性"这一灌注了新的内涵的范畴击穿；在强调差异性的本体论地位时，"承认"被赋予的向一切尚未敞开的伦理面向带来了新的价值锚定点。

不论是提出新的范畴——可堪哀悼、脆弱处境，还是为旧的范畴输入新的内涵，巴特勒的后主体文艺批评试图为后现代社会文化状况提出新的理论模式。新的理论推进之下是她对避免后现代理论滑入虚无主义深渊的理论关切。在巴特勒的后主体文艺批评中，"意义"、"价值"再次成了关键词，但此时的它们已然不再具有启蒙信仰赋予它们的总体性、单一性、确定性的特质。"断裂"就是意义，"差异"就是价值。从后主体性到后主体间性，巴特勒的后主体文艺批评正是通过相对于传统文艺批评路径的两个位移——从"表征"到"意指"、从"同一"到"承认"来追寻此等断裂的意义和差异的价值。

巴特勒坚定的反本质主义理论立场让她拒绝任何形而上学传统

---

① 道格拉斯·凯尔纳，斯帝文·贝斯特. 后现代理论：批判性的质疑. 张志斌，译. 北京：中央编译出版社，2012：3.

对本原的表述，这也同时意味着对以本原/表象、主体/客体为代表的二元对立思考逻辑的抛弃。而无论是"表征"还是"同一"，这两个概念术语身后的形而上学本质主义传统和二元对立思考逻辑都显而易见。在《批评理论字典》（*Dictionary of Critical Theory*）中，"表征"被定义为创造可以代替/代表另一事物的某物。在文艺理论百家争鸣的不同阐释中，"表征"一直是一个关键的理论术语，从柏拉图、亚里士多德的模仿说到华兹华斯"诗歌是强烈情感的自然流露"。不论是"镜"还是"灯"，在迥异的表达中不变的是对艺术本原的本质性追问，以及将本原与表象分裂而立的思维逻辑。接受了福柯以力量关系的时刻在场对"真"与"实"的消解，巴特勒在她的后主体文艺批评中悬置了对文艺本原的追索，拒绝将文本视为揭示某种一元性真理的通途，更拒绝将文艺批评理解为对这所谓真理的认识。反之，她将对"何为文学艺术"的追问转变为"文学艺术何为"的思索，将动态的"意指"推向前台。

但这里的"意指"绝不预设绝对的自由，能指并没有被设想为具有独立自主性的语言游戏。相反，巴特勒不断地用"社会"、"可理解性框架"这样的范畴提醒读者不要忘记我们身处的这个种种力量相互角力的场域和现有的文化秩序。在这样的场域、文化秩序中，巴特勒的"意指"是语言的述行，是能指与所指间的角逐。现有"可理解性框架"为能指设置了理所当然的合法性所指，胜利的关键不仅仅是拖延所指的出场而获得短暂的自由，更是从现有框架出发，通过位移、僭越制造断裂、差异，在某一瞬间"胜过"所指。在这样的瞬间,现有框架内无法被理解的、被遮蔽的得以浮现并挑战默认的秩序。巴特勒倡导的"意指"所追求的是意义化,不断的意义化——不论是重新意义化还是意义化曾被视为无意义的存在。在不断的意义化中,差异被制造、被暴露,原本理所当然的合法性被反思打量。尽管这样的意义化绝非一劳永逸的解放,甚至常常只是在片刻的差异后又一切如常,但正是这片刻的差异已然暴露了框架的边界,也扯下了它所谓奠基于自然的天然合法性的伪装,宣告价值的分配需要被重新思考。

后现代总与"平面化"、"无深度"、"狂欢"、"游戏"这样的特质联系在一起,然而从以上对"意指"这一后现代批评词汇的分析中却可以看到巴特勒的文艺批评展现出对"意义"的追求与对"价值"的强调。这不仅引发担心——对"意义"、"价值"的凸显是否是本质主义幽灵的复活,也同时让人思考——在抛弃实质性本质基础后如何谈论"意义"与"价值"。

在本质主义思考方式中,价值判断被视为一个同一的过程。某种超越性的终极本质、内在特性被设定为价值、意义的唯一标准,继而以此为标杆进行比对,同一者被赋予意义、价值,反之则不然。本质、特性的凝固让价值判断成了一个封闭的机械比对过程,而意义的赋予与剥夺间权力的党同伐异呼之欲出。

为了让意义、价值从静态的"同一"出走,巴特勒以他者引入差异。以列维纳斯的他者现象学为理论工具,巴特勒围绕"生命"编织同与异的动态关联,构筑其后形而上学的意义价值论。相互交织的生命是他者与同一间永恒关联的基石。这一基石的存在让差异一方面避免陷入瞬间、私人的平面化，另一方面又避免了另一个静态中心的确立。究其所以，同一是封闭的，他者以他异性打破封闭，但巴特勒并没有将他者的他异性简单地视为同一的对立面，而是用生命的休戚与共解构了他者与主体（他者/同一）间的二元对立，消解了中心的凝固。对脆弱不安生命的承认是每一次向他异性出走的原因和旨归，生命间相互交织的关联性将同与异带入动态的关系性存在。

从表征到意指，从同一到承认，巴特勒以后现代的理论范畴在文艺批评实践中揭示了后形而上学的面貌。"承认"是以生命为起点对他异性的尊重、面向他者的开放，"意指"则是将差异带上前来，令其显现的行动。文学艺术在巴特勒的批评实践中被强调为一个以生命的交织为愿景，以他异性打破闭环、消解中心的述行过程，一个不断意指的过程，一个通过挪用、位移制造断裂、创造差异的过程；而文学艺术批评正是发现断裂、阐释差异的行动。每一次的意指与再意指，阐释与再阐释都是对永远处于"未完成"状态的他异性的追求，是将现有可理解性框架的边界加以扩展的努力。